海神的后裔

さよならの儀式

[日] 宫部美雪 著

曹逸冰 译

上海文化出版社
SHANGHAI CULTURE PUBLISHING HOUSE

果麦文化 出品

目录

告别的仪式

五号隔间里坐着一个年轻女孩。

即便身边没有可供对比的年长者，用“年轻”来形容她也没有任何不妥。平时很少有这个年龄的人来，一个人来的就更罕见了。

“让您久等了。”

我一边坐到柜台前，一边开口打招呼。女孩仿佛突然被按了开关似的微微一动，抬起头来。文静的容貌，稳重的打扮，规矩的发型。

“麻烦您了。”

连声音都是温顺的。

“不好意思，麻烦您刷一下卡。”

见女孩一脸茫然，我告诉她，需要刷的是她拴在挂脖吊绳上面的IC卡。

“啊，对不起。”

我转动桌上的读卡器，让卡槽对着她。只是刷个卡而已，女孩却失手了三次：第一次是卡放反了，第二次是刷得太快了，第三次是太慢了。“对不起。”女孩再次道歉。

人类的确在不断进步，却也同时变得愈发笨手笨脚。因为拜机器人所赐，人类已不需要亲手处理日常杂务了。

不过嘛，眼前这个女孩可能只是太紧张了。刷这三次的时候，她的手始终抖个不停。

此时显示器上的，是几小时到十几小时前凭这张IC卡进行了个体识别的通用型劳动机器人的信息，包括生产厂家、生产日期、型号、人工智能版本、版本升级记录、固定动作模式的熟练度、附件装备情况、故障修理记录等。

看到屏幕上的信息，我不禁吃了一惊。这台机器人旧得一塌糊涂，在普通家用机器人里算是最老的型号，跟活化石差不多。

“这……”

女孩的身子又动了一下。“啊？”

“物品已经回收完毕了吧？”

“对，今早上了你们的回收车。”

“是几点的车？”

“八点的。”

显示屏上的数据有好几处打上了“不详”的标签，说明这玩意的信息实在太旧了，光凭这台终端能访问的数据库，也就是说，光凭我这种技师的访问权限能访问的数据库，还不足以查清。

“这机器人好老啊，家里人有这方面爱好吗？”

世上也是有二手机器人收藏家的，最近甚至出现了“古董机器人”这类说法。

“哈曼一直在我们这工作。”女孩用温柔的声音回答道。“这样啊，是我冒昧了。”我丢了个老套的回应。

哈曼。这玩意的生产厂家就叫这个名字：哈曼株式会社。在通用型劳动机器人的黎明期，这还是个业界数一数二的国策企业[1]。不过很久以前它就被行业巨头吞并，已经不复存在了。直到五年多前，还有

1. 国策企业，指二战结束前为推进国策而成立的半国营半民营的企业。以下均为译者注。

一家叫“哈曼＆盛田商会”的护理机器人销售租赁公司，那兴许是哈曼株式会社的残余，是全球化浪潮将哈曼生吞活剥、撕碎嚼烂后吐出来的最后一块残片。

总之，这女孩在用厂商名称呼比厂商还长寿的产品。就好像把本田产的机器人称为“本田”一样，听起来不太上心。不过这么称呼老款机体倒并不罕见，因为以前的机器人胸口往往印有硕大的商标，看起来就像戴着名牌似的，于是人们就顺势把厂名当作个体名用了。

女孩刚说的是：“哈曼一直在我们这儿工作。”而不是：“我们用了哈曼很多年。”此刻的她看起来高度紧张（我感觉有点紧张过头了），全身紧绷，恐怕也是因为担心自己无比熟悉、无比亲近的老朽机器人，会在这里被怎样对待。

使用者移情于劳动机器人，或者说“拟人化”，是一种极其普遍的现象。对家用机器人而言尤其是一件好事，毕竟机器人和使用者间如果不“默许”一定范围内的拟人化，那么劳动力属性的机器人就很难融入人类的日常生活。

在亚洲市场，与人类相似的两脚步行式机器人最为畅销。而在欧美市场，四脚步行式机器人则更受欢迎。这两种形态的机器人都会发生拟人化现象。欧美机器人的拟人化大概与宠物、家畜的拟人化性质相近。有意思的是，机器人的拟人化会鲜明地反映出本地、本民族的文化特征与所谓的国民性。哪怕是受宗教信仰影响，或者因为经济不够发达，现在还未形成机器人市场的旧第三世界国家，想必有一天也会出现同样的现象，展现出当地的特色。

机体回收的申请数据显示，哈曼并非个人所有物，而是属于一个名叫“野口奉公会”的组织。眼前的女孩，其实是拿着奉公会代表的委托函来为老朽的机器人办理报废手续的普通职员。

随申请附上的代理人 ID 显示，她的年龄还不到老哈曼的五分之一。她是对通用型劳动机器人出现前的社会一无所知的一代人。

我打量屏幕的时候，眼前的她大气都不敢出一声，仿佛在等候医生的诊断。而且那令人绝望的诊断不是针对她自己的，却是针对她非常亲近的某个人。

她还没做好与哈曼告别的思想准备啊。

这种情况实在太多了。正因为如此，我们公司才会在机器人回收中心设置这样的隔间，让我们这些平时窝在生产线的技师轮流坐镇，细细倾听“有血有肉的用户心声”。

“毕竟是比较老的款式，手续可能有些麻烦。负责回收的人跟您说了什么没啊？”

年轻女孩仿佛受了惊的小动物，迅速摇头。

“没，什么都没说。”

“我看了您的申请，您希望保存报废机体的基础记忆，并且移植到新买的机体上对吧？部分移植也可以接受。”

“是的，如果可以的话。”

“问题是，这家厂商已经消失很久了。”

她点了点头：“我听说哈曼是一家老公司生产的。”

“对，所以我不确定还能不能找到这种机型的条款。也就是说，我们可能无法确认报废回收时，厂商能否把基础记忆的备份交给顾客，以及能否将基础记忆移植到其他机体。”

年轻女孩怕是听了个云里雾里，像条金鱼似的露出呆呆的眼神。

我讨厌呆呆的生物。

我不是做销售的，自然没接受过“在工作中表现得热情体贴”的训练，而眼前的女孩也没有足够的魅力让我动用私人的善意，于是我决定照本宣科。

“您想必也知道，这种家用劳动机器人预装的动作软件是受《著作权法》保护的。如果您购买或者租用了一台机器人，在使用期间内当然不用担心著作权问题。但要是您想把软件衍生出的功能，比如记忆啦，动作流程啦，把它们和机器人主体分离并使用或保存，那就要得到著作权人的许可了。条款里记录了相关手续，所以……”见她脸色骤变，眼看要哭，我便没有继续说下去。

哎哟喂，真想让公司的大领导们来这儿坐几天。

“对不起。”女孩第三次道歉，然后说道，“哈曼是岁数太大了。”

用词略偏感性，但她的理解并没有错。

“如果换算成人类的年龄，它大概有两百多岁了吧。但机器人终究不是人，而是机器。”

机器就有使用期限，受各种规定约束。只要生产方还负有产品责任，过期产品就只能报废。机器和人不一样，不会因为上了年纪就被抹平棱角，变得圆滑，也不会因为上了年纪就对某事更熟练，更不会凭借丰富的经验受到尊敬。

“机器总会坏的，而且往往坏得不讲道理。”

机器人会毫不留情地坏掉。得益于编程技术的发展，机器人看起来能表达情感、拥有智慧了，而且也会那样行动，但它们终究没有心。所以它们不具备所谓的“弹性”。要么坏了，要么没坏。要么正常，要么异常。只有二选一，没有中间态。

“那么古旧的机体能正常使用到现在才令我吃惊呢。我是技师，但还是个新手，所以之前没遇到过这种情况。”

年轻女孩微微瞪大了眼睛看向我。

“您是生产机器人的吗？”

“对，不过我负责的不是程序，是机体。”

相当于“心”的那玩意的容器。

“这里……”她顿时一脸担忧，心神不宁，左顾右盼道，“我听说是办报废手续的窗口啊……”

没错，但也是为那些因心理或经济原因难以和报废机器人告别的用户提供疏导的地方。所以我们这些被轮班送来的技师，私底下管这儿叫“咨询角”，但我认为还有更贴切的说法。这里是超度那些已无法继续使用的机器人的地方。

“我还以为是这方面的专家呢。”

“我们就是专家。没人比我们更清楚‘机器人只是机器’，因为都是我们亲手组装的啊。”

顺便一提，只是制造机器人并不需要多么杰出的能力。机器人的生产线只比曾经的汽车、电视生产线复杂了那么一点点，本质上还是讲究耐心的工作。只要有足够的体力和注意力熬过高强度的培训，再加上“迫切想要一份工作”的欲望就够了。我们之所以被称为“技师”而非“工人”，不过是因为机器人这玩意依然被敬畏科学的氛围包裹着，而不是因为我们高人一等。至于汽车与电视这类产品，早已在历史的某个节点失去了这层面纱，

“即便是用零件组装的，只要组装完成动起来了，不就是个独立个体了吗？”年轻女孩用柔弱的声音说，“在人群中工作久了，它们不也会生出个性与人情味吗？”

“大家是这么说，但这不过是用户的错觉而已。”

或者说，愿望。

“我——”

“记录显示，过去三年中，哈曼有过几次严重的动作故障对吧？”我打断她，指着屏幕上显示的故障信息，“今年二月，温度传感器出了故障，留下了二级错误的记录。对一台做家务的机器人来说，这可是非常严重的问题啊。没有人烫伤吧？”

这是烹饪时让烤架蹿出火苗，帮小孩、老人洗澡时让人淋到烫水

这种级别的故障。

之前只是战战兢兢的年轻女孩瞬间低下了头，显然想逃避。我懂了，有人受伤。

“竟然没立刻回收啊。”

她用一只手遮住脸，仿佛要挡住雨点般落下的每一个字。

“……就是说，没上报？”

没回答。我猜对了。

我真的动了气。这种将过多情感倾注在机器人身上的家伙，特别容易自作主张，做出危险的事。

“就算您想瞒，卡里也存着所有记录呢。机器人就是这么设计的。违反《机器人使用管制法》的时效是两年，二月的事故妥妥地要受处罚。”

女孩低着头说：“大家讨论了一下，决定先观望一阵子。因为不想送走哈曼。”

他们知道，一旦上报事故，哈曼就会被回收。

“大家？野口奉公会是个什么组织啊？宗教组织？”

我会这么问，是因为有过度“保护”机器人倾向的以宗教家居多。另一方面，排斥机器人的也有很多是宗教界人士，他们信奉的神究竟容不容许机器人，没信仰的我完全不明白。

“我们跟宗教无关，是靠捐款维持的志愿者组织，运营着一家救护院。”

“救护院”三个字说得格外不痛快。

“据说哈曼也是某位爱心人士捐赠的，不过那是很久很久以前的事了，当年的记录都找不到了。”

“无论如何，管理机器人的责任都该由当前的使用者承担。”

“我们一直跟哈曼开开心心地生活在一起。”

责任不是这个意思啊。

“救护院里住着许多失去监护人、无家可归的孩子，我本来也是其中之一。”

她说她是个孤儿。不过在这个动荡的社会里，这也不怎么稀罕。

“所以我几乎是哈曼一手带大的，我们家的孩子都是。”

言外之意：“我们不想报废哈曼，还有比这更充分的理由吗？”

“机器人不会养育孩子。”我纠正了她的发言，“它们不可能做得跟人完全一样，尤其做不了需要创造力的工作。您现在是野口奉公会的职员吧？那您最好记住这点。”

年轻女孩文静的脸上第一次浮现别的表情。

——你好烦啊。

她的表情仿佛可以转化成这几个字。她生气了。而且她判断，再跟这个接待自己的烦人技师多啰嗦也是徒劳。

“关于哈曼的记忆，您这边要多久才能给出回复？”

她语调生硬地问道。

“我刚才也说了，基础记忆可能无法保存哦。”

“我就是想问，您这边大概要多长时间给出‘无法保存’的正式决定。”

“这得跟上级汇报后才能告诉您。”

换作平时，这话用来打发提出无理要求的用户极为好用，然而此时我却为这个回答懊恼不已。毕竟听起来完全就是底层小职员的遁词。

“这样啊。”

年轻姑娘嘴角用力，紧抿双唇。我本以为她会气得牢骚几句，谁知又是强忍落泪的表情。

“所以，那之前哈曼还能继续活着，是吗？”她声音带哭，微微发抖，“我能见见哈曼吗？你们的介绍上写着，回收后的四十八小时内，用户是有一次探视权的。”

这个“探视权”正是机器人厂商对过度移情机器人的顾客做出妥协的产物。

“哈曼连探视权都没有吗？因为没法确认条款？”

如果她的表情再倔强一点，我恐怕会理解为刻意嘲讽，而不是单纯提问。

“按照规定，是的。”

“您大概觉得，‘那之前哈曼还能活着’的说法也不正确吧？”

一看就知道，她是为了不哭出来所以拼命加快语速。

“可我就是想这么说。因为在我心里，哈曼就是活着的。”

我被激出了斗志。一方面是受不了别人哭哭啼啼，另一方面是觉得她对我发火很没道理，心里憋气，所以一听到这番挑衅，我也恨不得把和美梦相反的现实甩到她面前。

“要等您再次刷卡，”我伸手一指，她碰了碰脖子上的卡片，“‘咨询’才算结束。而在‘咨询期间’，我们技师可以陪客户去确认机器人的状态。”

她用指尖碰着卡片，眨巴着眼，盯着我的脸看，随即又垂眼望向卡片，接着瞪大双眼，一脸震惊。

“真的吗?！”

“这不是正规探视，我其实不太推荐……”

我故意叹了口气，一边起身，一边抬起隔开我和她的柜台桌板。

“这边。”

我打开隔间后的门，核心区传来一阵隐隐的噪音，伴随着一种身体可以感知到的振动。那是这个中心在履行它对社会的必要职责时发出的声响。

回收中心本来不是对外开放的机构，咨询用的隔间和排队办手续的用户等候区都是后来增设的。所以主体部分并非办公室，而是分类、暂存机器人的仓库，外加拆解、处理机器人的厂房，坚实牢固，功能性强，冷冷冰冰。

这点貌似令她很惊讶。一眼望不到头的单调走廊，走廊两旁的一扇扇隔音门，每扇门上印的硕大醒目的数字，除此之外别无装饰。天花板上，通风管和管道裸露地蔓延着。

我一边带路，一边在内部专用的通信终端上查看注意事项。手指每碰到屏幕都会发出“哔哔”声，在走廊的天花板和墙壁间碰撞回响。这个终端是所有员工上班期间都必须随身携带的，形态轻盈，可以别在工作服口袋边缘。然而它发出的响声却很是刺耳，因为管理层要防止员工用它来干坏事，小到带薪偷懒，大到盗取机密。

任时代如何变迁，科技都不可能在所有领域同步发展。人们会选择当时社会最需要的领域投入人力物力，使相关技术突飞猛进。

从 20 世纪末到 21 世纪初，发展最兴盛、优秀人才最集中、资金流通量最大的领域，莫过于信息通信行业。拜其所赐，即使随着少子老龄化加剧，社会运行必需的劳动力绝对数量在不断减少，但借助日新月异的高性能通信设备，（至少所谓的自由主义发达国家的）人们却可以对这一现象视若无睹，只夸夸其谈就好了。信息通信行业最喜欢社会学与心理学了。它虽然无法改革社会，却可以增加探讨社会改革的“健谈者”。乍一看它好像是让社会变得更富足甚至更有内涵了，可这恰是它狡猾的地方。

曾一度靠生产通信设备等硬件勉强参与到这场“夸夸其谈”中苟且度日的制造业，具体是在什么时候幡然醒悟，意识到自己本该生产支撑社会根基的东西呢？而面向公众的通用型劳动机器人的黎明期，又该以哪里为起点呢？

这些问题都只能留给后世的科学史家分析了。既没有人尽皆知的风云人物隆重登场，也没有铁腕企业家振臂一呼，更没有万众瞩目的发明创造激起千层浪。单单列举哈曼这样的早期劳动机器人的相关专利，少说就有两位数。

为了研发家家户户都用得起的劳动机器人，人们投入了越来越多的资源，并逐步获得了肉眼可见的成果，社会潮流也随之发生了变化。人们并没停止夸夸其谈，却也察觉到把宝贵的资源与人才一味投入“更快传播话语”这事上未免太暴殄天物。

所以在这个靠通用型劳动机器人的劳动撑起的社会里，普通市民常用的通信设备，功能几乎停留在21世纪初，外观也没多大改变。哪怕把公司发的这款终端塞进时光机送回到2010年前后，大概也不会有人吓到。

但同样是这款终端，要是看到由机器人运用自如，他们绝对会吓到腿软。抛开奔放自由、不负责任的空想，依靠积少成多和脚踏实地开拓的未来，就是会伴随这样的不平衡。

每台机器人的机体信息管理至今仍靠IC卡，恐怕就是不平衡的表现之一。有人说，这是因为系统升级太频繁会导致用户跟不上，所以才刻意保留了一些老元素。也有人说，部分保留这种简单做法有助于让“机器人社会”变得更灵活。但这两种说法都无法让我信服，也许只是IC卡制造商的说客更强势吧。

在本中心的辖区内，上午八点那趟车回收的机体都收容在五区东南角的笼舍。哈曼也在那里。最近的是八号门。

“在这边。”

回头望去，只见野口奉公会的年轻女孩停在了三号隔音门前。她竖起耳朵，仿佛对什么东西起了戒心。

“这是什么声音？”

“是机器人在动。”

透过隔音门传来的微弱响声好似有人在远处搅动无数根别针，在牙齿间引起一丝丝共振。

“回收的时候，哈曼已经不会动了，开关都关掉了。”

“到了这里，我们会再让它们动起来。”

“电池不是都卸掉了吗？”

“因为机体内还留着备用的辅助电池啊。在那块电池用尽之前，还是放着别管，让它们自己动着比较好。”

女孩看着我，仿佛有话要说。但她到底还是选择了沉默，继续往前走。

我问道：“哈曼二月出故障的时候，您是怎么让它停下的？”

她没有回答。走过五号门后，我又问：“是用了紧急停止拉杆吗？”

紧急停止拉杆装在机体背面，平时罩着罩子。不过既然能用拉杆让机器人停下，即使后果严重到一定程度，也不会被认定为重大事故。毕竟用户还是可以接近机器人，最糟也不过二级，而且都算故障导致的动作事故。这种情况回收检查并维修即可。无法维修的话，换台新的就是。

性质更为严重的是机器人的“动作”没有错误，但动作引起的事态对周围的人类造成了伤害，也就是违背了“机器人三原则”。因此这类事故被统称为“原则事故”。机器人陷入失控，以及最严重的一级事故（即“发狂”）也属于这一范畴。人们发明了各种针对这类情况的强制停止手段，只是每一种的危险系数都很高，必须由持有相应资格证的人操作。

“——没必要强制停止，”年轻女孩盯着脚尖往前走，一边答道，“因为哈曼自己察觉到了。”

她想表达的意思貌似是，做出了错误动作的机器人认识到了自己的问题，主动停下了。

“您明白自己在说什么吗？”

“明白。”

“它脱离了用户控制，从某种角度看也算‘发狂’了。问题已经非常严重了。”

她依然低着头。“哈曼跟我们道歉了。”

我也闭上了嘴，只管赶路。

来到八号隔音门口，我点了几下专用终端，带着金属感的响声传来，门锁开了。在这个区域，无论你要做什么，都必须用便携式终端访问控制中心。每一扇隔音门，每一道出入口，都没有安用来操控的独立控制面板或终端。因为报废的机器人一旦逃跑，这些设备极有可能被滥用。最万无一失的安保措施，莫过于不留一件机器人操控得了的东西。

隔音门非常厚重。我双腿发力，拉开门板，示意野口奉公会的年轻女孩进门。

“来吧，请进。”

她周身一颤，稍稍后退，仿佛真有什么东西挡住了她的去路。不过拦住她的东西并没有实体，不过是噪音和景象而已。

工区满满当当。

每年一到这个季节，各大厂商便会相继召开新款机器人发布会，而厂商旗下的经销商也会展开宣传攻势，引得用户争相换新，导致老旧机器人的回收订单量出现暂时性增长。昨天和前天的订单量都险些超出单日回收限度。

这就是笼舍中的机器人们。如此多的机器人挤在一起，哪怕是在见惯了的人看来，都是极具冲击力的光景。

小到体长五十厘米，大到足足两米一；重量也从三十公斤到极限两百五十公斤都有。无论款式与年份，统统只按“两脚步行”与“其他”分类回收。

有学习功能的人工智能已被拆除，仅剩控制基础动作的基板，空置到辅助电池用尽为止。到了这个阶段，机器人往往只能重复时立时坐的动作——那是机器人最原始也最基本的动作，因为它们在流水线上组装完成后接到的第一条指令就是“起立”。要是把机器人放到更空旷的地方，它们会不会走来走去呢？还真有人做过实验。然而实验结果是，即便有足够的活动空间，机器人依然不断重复起立与坐下，仅此而已。控制基础动作的基板上，也嵌入了安全装置。大概机器人本来的设计，就是没有命令不能移动。

如果机器人机体出了故障，无法起立坐下，就会做出举起、放下手臂，转动头部，上半身前后移动之类的动作，乍看颇为喜感。可要是上半身在动的机器人碰巧放在了墙边，看起来就像是在反复用头撞墙似的。明知道那是比“被光吸引的飞蛾一头撞上玻璃窗”更无意义的行为，奈何机器人不比飞蛾，只因外形与人相似，看在眼里就总归不太舒服。

今天早晨，在五区的西南角，也就是离隔音门最近的笼舍中，刚好就有一台那样的机器人。它的头部形似水桶，躯干四四方方，手脚则是蛇纹管。这也是个相当老的型号，实在不像是执行实用业务用的。机身上还残留着花哨涂装，十有八九是在某个游乐园或移动动物园干类似小丑的差事。

那家伙叠起蛇纹管腿坐在地上，无力地耷拉着双手，单调而一丝不苟，以固定的节奏，用相当于人类额头的部位撞击着无机质感的深灰色墙。机器人们发出的金属噪音吵得人直皱眉，这个声音却竟然清晰可辨。也许是因为有规律，所以耳朵更容易辨认吧。

咚，咚，咚。

年轻女孩已面如土灰。

“哈曼就待在这种地方？”

不光哈曼，这是每个机器人最后的归宿。

“可能不太好找，”我说，“这里的机器人都失去了语音识别能力和发音能力，叫了也没反应，所以只能靠外观辨认。”

人类拥有无穷的创造性，所以在“两脚步行式机器人”即“类人型机器人”这一基础上，人们增添了种类繁多到让人震惊的附件与设计，催生出了各式各样的机器人。这些式样不全是有意义的，也有无意义的。只是一旦确定报废送到这里，再离奇的外观也会淹没在周遭的氛围里，变得难以区分。所以严格地说，靠外观寻找也非易事。

刚在隔间里她也说了，顾客行使权利探视报废机器人时，会准备个像样得多的地方。可即便如此，还是有许多顾客看到面目全非的机器人后大受打击，转身离去。不过不这样他们怕也不会死心，所以要我说，就是自作自受。

野口奉公会的女孩抓着与笼舍相隔三十厘米的栏杆，沿着走廊迈开步子。

“哈曼不会说话，也听不清我们的声音。”

她紧盯着笼舍中的机器人，双目大睁，仿佛瞳孔都扩张了。

“是本来就没那些功能吗？也不是那么旧的型号啊……”

“都坏了。”她沿着栏杆滑动双手，踩着不稳的步了，“那时我还小。零件太贵了，我们出不起维修费。”

“就让它一直坏着？”

她没回答，只是抓着栏杆，沿走廊前行。

担负着一台无法维修的机器人，一起生活。

——哈曼一直在我们这儿工作。

太荒唐了。虽说是民营，好歹也是救护院。只要向辖区公所申请，有关部门当天就能处理好。哪怕换不了新的，至少能换一台功能齐全、用起来方便的二手机器人吧？

时至今日，通用型劳动机器人的生产、供应与回收已经成为支撑这个国家经济命脉的重要产业，并且形成了完美的闭环。为了不让闭环断裂或松动，政府每年都要划出巨额的财政预算，投入纳税人的血汗钱。

正因如此，机器人才能渗透到这个社会的各个角落。对社会弱势群体而言，机器人是赖以生存的工具；而强势阶层肩负着崇高的义务，必须把这个由机器人的劳动支撑起来的社会维持下去。为保障国家的平稳运行，人们必须守住“生产→使用→损坏→换新”的循环。如果花些税款就能解决问题，不是很合算吗？如此一来，还能顺便抹去神话里的巨人都无法跨越的贫富差距带来的负罪感，可谓一石二鸟。

过度移情机器人者——因过度拟人化导致出现的对机器人倾注过多情感的人群，也相当于是这一循环的副产品。由于出现症状的人实在太多，有关部门也推出了各种办法对症下药。

面向公众的通用型劳动机器人获批上市时，当届政府高层对生产销售机器人的企业施加了严格限制，其第一条便是：禁止生产机体大小、合成语音的音色、特征性动作、人形机器人面部特征等方面让人联想到“儿童”的机体。不用说，这是为了预防人形两脚步行式机器人被某些人当成孩子对待。我还清楚记得，当时的经济产业大臣曾发表评论道：“国内外法律法规都禁止使用童工，那么自然也应当禁止生产儿童样式的机器人。”

傻不傻啊，我心想。哪怕是水桶样的机器人，愿意把它当孩子疼爱的人还是会疼爱，想使唤它的人还是会使唤，而想糟蹋它的家伙也还是下得了手啊。

新员工培训时，都会看一段关于小型自动扫地机器人的视频资料。这种机器人呈圆盘状，虽说“自动”，但每个动作都要用户用遥控器操控，而且只会发出若干种代表运行状态的哔哔声。明明是如此低级的机器，却有用户给它起名，甚至有人跟在它屁股后头，盯着“哔啦哔啦”扫灰尘的小刷子看。区区扫地机，竟成了那些人眼中的宠物。

爱与共情，是人类的痼疾。

“哈曼！”

嘶喊般的声音将我拉回现实。野口奉公会的女孩早已不在原处，她沿着走廊跑到了东南角的笼舍，从栏杆后探出身子，奋力伸出双手。

“别伸手！”

我赶忙冲过去，她却一个转身，仿佛躲闪一般，两眼死死盯住了笼舍中的某一点。她张开双臂，在空中不住地挥舞。

“哈曼，哈曼！看这边！”她喊得撕心裂肺，“是我啊！我是小花啊！看这里！哈曼！”

顺着她的视线望去，是四五台机器人围成的一个圈。

在辅助电池用尽前不断重复无意义动作的机器人间，偶尔会出现一种叫“同步”的现象。即机器人 A 反复起立、坐下的时候，旁边的机器人 B 也按同样的节奏动作；机器人 C 举起、放下手臂的时间久了，它后方那个原本在转头的机器人 D 也跟着一起举手放下了。这就叫“同步”。如果同步的机器人数量够多，那景象简直与小规模团体操无异。

围在那里的机器人们，不知为何正双手握拳，以同样的节奏举拳、放拳，同时重复屈膝、伸腿。如果拿着杠铃，它们看起来就像在练肌肉。

不过那一圈机器人正中，还有一台静止不动的。它那两条装了附缓冲垫三轴关节的腿，正无力地瘫在地上。它的臀部贴地，仿佛累坏了般，背靠着墙。它的头部与躯干都呈筒形；没有眼窝，只有两盏高度相同的灯；鼻梁也没有；本该是口唇的位置装有卡槽，大概会以内部亮灯的形式体现运转状态。这是货真价实的活化石，老款中的老款。

“哈曼！”她又喊了一声。

哈曼的面部微微朝下，脑袋往右歪着。可能是受这姿势的影响，也可能是头部电线在运送途中碰掉了吧。

那群正挥舞拳头的机器人，手肘刚好会撞到哈曼的肩膀。每次撞击，哈曼那直筒锅似的身体和脑袋看似都要晃上一晃。

“哈曼！”

都说了它听不见了，女孩却仍在呼喊。

这时，哈曼的头动了。它缓缓抬头，艰难地朝女孩的方向转去。并排的两盏灯捕捉到了她的眼睛。

野口奉公会的女孩再次探出身子，手掌和手指迅速做出一连串动作，像在表达某种意思。

她在干什么啊——

虽然我看不懂……

但那好像是手语。

我简直不敢相信自己的眼睛。这个女孩在用手语跟机器人说话。她在用手语，跟一台失去了语音识别能力和发声能力的机器人交流。

——一直在我们这儿工作。

难道她跟哈曼一直都这么沟通吗？

“哈曼……”

她一边打着手语，一边对它笑，对它点头。

哈曼抬起了并不美观的右手。旁边那台机器人的手肘又撞到了哈曼抬起的右手腕。

哈曼的双手，和戴着硬邦邦的浸胶劳保手套的人手一样。

它的手和手指动了。

野口奉公会的女孩停了手语，揪着栏杆，凝视哈曼。

哈曼把右手举到面前，竖起手掌，从右往左动了一下，接着又把左手手掌按在自己胸口。

笼舍之外，栏杆后的女孩点了点头，给它回应。

这一回，哈曼的双手在胸前合十。然后慢慢地……以极其缓慢的速度分开，将左右手的掌心朝外。

结束。哈曼的手“咚”的一声耷拉下去，头也再次低垂，依然朝右歪着。

几若不可闻的声音传入耳中，是野口奉公会的女孩在说话，但我没听清她在说什么。

她松开栏杆，双臂也无力地落在了身体两侧。她哭了。借助照亮笼舍内部的黄色灯光，我看清了她被泪水打湿的脸颊。

“——它说什么？”

我为什么要问呢？这没意义啊。

“您一直都是那样，用手语跟哈曼说话吗？”

明明是不可能的，为什么我要问呢？

“他让我回去……”

野口奉公会的女孩轻声回答，用手背擦了擦自己的脸。

“就这一句？”

她没回答，只是望着哈曼，任涌出的泪水再次滑落。

“不用保存基础记忆了，送哈曼走吧。”

“为什么突然又——”

“他希望这样。”

她望向我，举手重复了哈曼刚才的动作。

“哈曼是这么说的：让我，死去吧。”

——让我死去吧。

突然，不远处响起了刺耳的金属声。围着哈曼挥拳的那圈机器人里，有一台全身激烈颤抖起来。

糟糕！同步本身并不危险，但如果对当事机器人造成物理性刺激，那就必须尽快制止。由于种种巧合，这台机器人一直在做“手肘击打哈曼”的动作，因此出现了报错反应。

五区走廊的天花板上，紧急情况指示灯开始闪烁，蜂鸣器也响了。片刻后，监视员急忙赶到。

“搞什么嘛，又是你啊！”

五区的监视员是个肥硕大叔，跟我算是相看两厌的“老熟人”。他瞥了眼年轻女孩，张口便骂：“又把人带进来了，搞什么啊你！”

话音未落，笼舍内侧的挡板就降了下来。发狂的机器人也好，还在同步的其他机器人也罢，包括坐在地上垂头的哈曼，全都消失在了挡板后，看不见了。

在这个区域，只有监视员才会使用无线对讲机。他不耐烦地跟对面草草说了几句，便关了对讲机，挂上面具似的假笑，对野口奉公会的女孩说：“不好意思啊，客人，后面的手续会有其他员工帮您办理的，她马上就来接您。”

挡板还有隔音效果，机器人振动的响声已经听不到了。

蜂鸣器停了，指示灯也不闪了，五区的东南走廊重归平静。我默默看着那个年轻女孩掏出外套口袋里的手帕，擦了擦眼睛，硬生生把眼泪咽了回去。

这时，八号门开了，一位女员工走了进来。她穿着行政人员的制服，而不是技师的工作服。女员工一路小跑到女孩身边，反复说着

“非常抱歉”，一边把她带离笼舍前。

野口奉公会的女孩没有回头。无论是哈曼那边，还是带她来这看哈曼的我，她都没再多看一眼。

“你小子真坏啊。”

她们一走，监视员大叔立刻变脸，面露邪笑：“给用不了探视权的客人行个方便倒也不是坏事，可你这不是发善心吧？人家舍不得跟机器人告别，正伤心呢，你怎么还欺负人家？”

大叔体型过于庞大，所以转移视线也看得到，真让人不爽。背后是回收后关进牢笼、辅助电池用尽前只能重复简单运动的报废机器人们，前面是人类才可能有的肥胖身体，真是看一眼都烦。

“我讨厌那种缺乏理性的人。”

“没办法的啦，刚那客人不是女孩子嘛，肯定是浪漫主义的啦。可怜可怜被抛弃的机器人，闹点小情绪有什么关系嘛，理解一下啦。”

“只要买了新的，半天工夫就忘干净了。”

“别这么愤世嫉俗嘛，”监视员大叔笑道，“那姑娘不是挺可爱的嘛。碰到那种客人，你就柔声安慰一下，顺便约人家出去喝杯茶。蹲‘隔间’的时候总得想法找点乐子不是？你还年轻呢。”

“年轻”啊。机器人社会到来后，人类的实际年龄明明已经失去了意义。

“为什么——”

在这种地方，问这样一个大叔，又有什么用呢？但我还是问了。

“为什么要生产人形机器人呢？”

“因为人形的看着更亲近啊。”

“为什么只有人形机器人不让机器人生产，必须由技师生产呢？”

这是机器人制造业的金规铁律：两脚步行式人形通用型劳动机器人的最终组装流水线，不得有机器人参与。要知道，其他产品的流水线上，各种地方都有各种形态的机器人参与其中。

“咱们是没什么感觉，可大洋对面事儿太多。国际协定啦。”监视员严肃地说道，“毕竟某些大国还守着厉害的教义，说只有神创造出的人，才能去制造形似人的东西。烦是很烦，可宗教这东西本就不是讲道理的。”

大国是不能忤逆的，因为他们拥有巨大的市场。生产，使用，损坏，回收，再生产……为了维持建立在这个循环上的社会，也不能忤逆。

“要是实在忍不了，你也去参加下工会活动？他们不是在呼吁引进人形机器人技师吗？哪怕仅限于内销品也行。”

监视员表示，这样就能少加点班，会轻松不少。

“要是加班少了，轻松了，空下来的时间干什么呢？”

“做点更有意义的事呀，”肥硕大叔猥琐地笑了，“比如造孩子？”

仿佛某处的瓶塞被拔了似的笑声传入耳中。原来是我自己的声音。

“我才不去呢。我反对工会搞的运动。”

“为什么啊？”

“要是人形机器人进了这儿的流水线，那我们跟机器人不就没区别了吗？”

我丢下监视员，走出五区，却没回隔间。我穿过走廊，走出中心后门。半路上便携式终端发出响声，提醒我下班时间还没到，我抓起它抛过肩膀，扔到了身后，来到了无比空旷的员工专用停车场。

停车场停满了车，灰色的云也填满了天空。空气中混杂着铁锈味。

深呼吸了一会儿，本想跟野口奉公会的女孩说的话，终于完整地浮现在了脑海中。

我也是个孤儿。

在这个大规模自然灾害、恐怖袭击与内战无休无止的世界，有的是失去监护人的孩子。很多孩子甚至不光失去了小家，还失去了可以让他们过上平静生活的整个社区。

小时候，我过的是在救护机构间漂泊不定的生活。国家，或者说法律，可以为无处可去的孩子建若干收容站，但也仅此而已。组织、机构与条例都是有局限性的。

在长大成人获得这份工作前，我甚至连“个体”都算不上。关键的时候，我就是登记号识别出的“受保护儿童”或者“受保护青少年”。

我是个特别怕生的孩子，无论去哪儿都不讨人喜欢，所以在哪儿都待不久。倒不是受不了颠沛流离。只是每次到新的机构，都能发现和叫我不同，大家会用名字叫劳动机器人，机器人也完全融入了机构，成了集体的一员。这让我从心底里恼火。

恼火的日日夜夜。

所以我想成为组装那些玩意的人。

结果当上技师后，我又不得不接待那些与相伴多年的劳动机器人难以分别而长吁短叹的客人。

在组装机器人的过程中，我也深切地认识到，我比自己组装的机器人更不被人需要，不被人疼，不被人爱。

也许我可以对那个年轻女孩更和善点。也许我可以多安慰她几句。也许我甚至可以对她说，哈曼的机器人生是圆满的。你们爱了它这么多年，它一定很幸福。我完全可以这样子当一把“好人”。

但我讨厌这样。我不想当什么好人，不想当什么温柔的人。把麻烦事丢给机器人，自己去做“更有意义”的事，这种人生我根本不想要。

我宁可当机器人。

与其和那种可爱的女生牵手上街，我宁可做一台金属拼成的机器人，帮她叠好满满一大篮洗过的衣服，在她还小的时候打扫卫生，搬东西，让她跟在我身后蹒跚学步。

哪怕听不到她跟我说话，哪怕无法用声音回应她的话。我真想做一台和她用手语沟通的老朽机器人。

沉云笼罩的天空飘起了雨。难怪空气里有股铁锈味。今早我听漏了天气预报。这天气预报是从什么时候开始加上了酸雨浓度值来着?

在这样一个世界里，我已经不想当人了。

相比于人，还是机器人和这个世界更配。不然为什么大家怎么都那个样子，像那个女孩一样为机器人掉泪，为机器人难过，想和机器人交心呢?

每装完一台机器人，我就会离人更远一些。可我无论如何，不管怎样，都无法成为机器人。好焦心，好懊恼。

有时候我真想放声大哭，纵声嘶喊。

即使这是非常像人的，也是机器人绝对做不到的事。

海神的后裔

19世纪末，弗兰肯斯坦博士发明了以尸体创造新生命"尸者"的技术。博士死后，该技术暗中外泄，传播至欧洲全境。尸者作为前沿科技的产物普及至世界的各个角落，下至日常劳作，上至战场前线……

以下引用的平民访谈录，出自《大日本帝国扩散尸体追踪调查报告·东日本篇》。

该调查是在GHQ（驻日盟军总司令部）的指示下，于昭和二十年（1945年）十月一日解散"非军用尸者管理公社"（俗称：弗兰肯斯坦公社）时所做的业务清算的一部分，旨在掌握因盗窃、逃亡、故障等原因脱离公社管理的扩散尸体（黑尸）的情况，并尽可能予以回收。为负责该调查活动，有关部门从原公社社员中选拔出了一批无开除公职风险者，并以GHQ民生部门临时职员的身份予以聘用。

值得注意的是，以下记录中提及的尸者为明治时期扩散的军用尸者（尸兵）实验体，脱管发生于大正十二年（1923年）十月公社成立前，因此该尸者本不在调查范围内。该事例被记录在上述报告中，可能是因为发现该尸者时的状况，以及尸者与本地社群间的关系极其特殊，堪称研究我国尸者接纳模式的宝贵素材。

采访者以文字形式记录了受访者的发言内容，几乎一字未改。方言难懂处附有标准语说明。附注均为编者注。

《新民俗学时报》总第25号

特辑《御灵与祖灵之国的尸者产业 尸者的接纳与转变》

访谈记录概要

采访日期

昭和二十一年八月五日

采访者

扩散尸体调查员 真木贵文

受访者

野崎绣 七十八岁（受访时）

采访地点

××县小贺郡古浦村

俺就是您找的野崎绣。您就是那位从东京大老远来调查“海守神”的老师吧？大热天的，真辛苦呀。

您住哪边儿呀？啊，三藤家的宅子呀。那是在山崖上，稍微热了点儿，但也任得辽（忍得了）。

听说这两天占领军在东京整了场大审判呐。东条啊，还有其他达惯（大官）呐，都拉去嘞。俺孙子前阵子一边儿看报纸一边儿说：奶奶，那叫“被告人”。打仗那时候，可是俺们成天提心吊胆，怕被说成“叛国贼”被宪兵抓走。现在倒好了，那些达惯（大官）倒成“被告人”了。

哦，叫东京审判啊[注①]。你看俺老婆子一个，耳朵不灵光，眼也花了，外头的事啊都不清楚，您憋销花（别笑话）。那审判怎么啦？啊？啊对对，为了搞这个啥审判，先前也有东京来的人找过俺们，应该是去年年底吧。当时也是住三藤家。那宅子够大嘛，毕竟维新那时候就了不得了。

对，是占领军的人，县里的官儿和警察也来了，找的是打仗的时候从俺们村出去的一个人。叫伊森太郎，挺年轻的，以前在村子里的诊所帮忙。听说他打仗那会儿去了大陆，在关东军的大夫手下干活来着[注②]。

不过伊森没回村啊。嗯，他娘和他妹妹还在，说是没收到阵亡公报。所以她俩还一直等伊森回来呢。结果人没等到，东京却来人了，还想让伊森……做啥来着……坐蒸？哎，对对，作证。可伊森不在啊，失望也只能空手回去了。

啊？哎，这样呀。是他们发现的海守神是肥唱（非常）稀罕的尸者啊。是从三藤大老爷那儿听说的呐。

哦，这样啊……

船老大（船东）在西边海岸建小庙供奉海守神那时候，俺好像才十多岁。那是多少年前了呀……六十八年呐。俺也成老婆子啦。

对，海守神是明治十一年（1878年）漂到俺们村儿的，那也是俺们这辈子头回见到尸者[注③]。

当时村里的人，现在还在的就剩俺跟三藤家大老爷了。对，就是允哥。船老大家在日俄战争后没落了，就是他儿子那代吧，后来过继了一个远房亲戚当养子继承家业，啥也不知道。海守神那边一直是三藤大老爷照顾着。庙的入口您也看到了吧？装了栅栏，拉了草绳，没有三藤大老爷同意，谁都不能进去。

现在村里的人呐，只知道海守神是俺们古浦的守护神，得好生供奉着，可没人知道海守神是怎么来。俺的几个儿子和女儿啊，俺也没说过。

……嗯，倒也不是觉得说不得，只是……

您是东京来的，肯定见惯了干活的尸者吧？您也没怎么见过？不是说尸者原来是当兵的，但因为够皮实，干啥都行，所以大城市里头有好多尸者干活吗？[注④]

还记得天皇即位那年，船老大带了两三个尸者回古浦村，说要“做船员”。听说是给海产批发商塞了好多钱，好容易才要来的呢。那些年村里好多人去了中国东北，船员不够用了，所以船老大才想到用尸者，结果完全不行。

为啥呢？因为船上要是有尸者，鱼就都跑咯。本来在岸边的鱼都跑得老远，不划上半天工夫都看不着影，还总不回来。鱼捕不成，可把船老大气坏了。打那时起啊，就再也没有尸者进过俺们村了。再也没有了[注⑤]。战争快结束那时候，神奈川的连队最后召集的部队啊，还在两里外的海边搞演习来着，听说那里头一半都是尸者呢，气得船老大特地跑过去发火，说演习不能去远点儿搞吗，这让人怎么打鱼啊。

……啊啊，这样啊。原来尸者做搬运工、女佣、列车员的地方，不是咱国内，是中国东北啊[注⑥]。

哎呀，反正对俺们村的人来说，尸者是不吉利的东西，会把鱼吓跑的。要是大伙知道海守神以前也是尸者，他们会不会翻脸不认海守神啊？俺就是担心这个，所以才一直不说。三藤家大老爷——允哥应该也是这么想的吧。

不过这回告诉您那边说海守神是尸者的，也是允哥啊。

占领军太科帕（可怕）了吧。咱国是无条件投降的，所以不能再用尸者了。海守神是尸者这事如果一直瞒着，回头查出来了，害得村里人被抓起来了，那怎么行呀。

虽然俺们当他是神。

那是明治十一年八月……咦，刚好是今天！就是五号！每月五号是俺叠（爹）的忌辰，错不了。

那天早上，海边的码头一阵乱，说是漂来了一个小船。

俺那时候还是个娃，就去看热闹了嘛。俺是跟俺弟弟一道去的。到了海边啊，就看到了一只好漂亮的小船哦，刷着红色跟蓝色的漆。后来才有人告诉俺，那叫“救生艇”。

小船上有两个人。一个是穿着军服的年轻男人……嗯，剃了光头的日本人；另一个长得人高马大的，俺看他得仰着头。穿的衣服破破烂烂，看着像麻袋拼出来的，身上也脏。这身打扮已经够虾任（吓人）了，没想到那人的头发颜色啊，就跟等着收割的麦穗似的。眼珠子还是蓝的呢，就是夏天大海的颜色呀。

孩子们很快就被轰走了，所以当时俺啥也不知道。现在知道的，都是后来从三藤家的允哥那儿听来的。

允哥比俺大六岁，那年十六岁。原本在县里边的高中上学，可不知道为啥，他在那年五月退了学，回了村里。不过人家好歹是有本事上高中的人，哪怕只有十六岁，懂的也多啊。他会好多词呢，也知道尸者是咋回事。

他告诉我，坐那只漂亮小船来的俩人是逃兵，高高大大、有一双蓝眼睛的那个是尸者。

“其实那个穿军装的人不是军人，而是海军的翻译。那个尸者是他从停在三浦港的英国军舰上带出来的。他们本来想逃去更北的地方，可是小船被海流推了回来，就这么漂到了古浦岸边。”

太神凹（深奥）的俺也不懂，可村里来了逃兵可不是小事儿，得赶紧告诉宪兵，不然就麻烦了。可穿军装的翻译哭着求村里说话有分量的人，就是船老大啊，村长啊，还有当时的三藤家老爷也就是允哥的叠（爹），那翻译一个一个求过来，搞得大伙都不知道该咋办了。

“听说那个尸者已经尸化了十五年了。尸者一般只能撑二十年左右，但那个尸者做过好几次特别复杂的实验，损伤很大，估计最多也就能再撑半年。”

所以军队要拿他做炸弹。

“尸者身体里的油脂是可以做炸药的。咱们国家还没这种技术，那是跟英国做交易，专门进口来的特殊尸者。听说在那翻译待过的军舰上，有三十多个跟那个大个子尸者一样准备做炸弹的老尸者呢。”

听说那翻译边哭边说，他本想把尸者都放走的——

“可他就一个人，哪儿做得成啊。而且其他尸者都不会说话，也听不懂他说的，只有那个大个子不一样。只要说慢一点，用简单的词，他就能听懂，也会说话。那翻译心想，别的就算了，这个无论如何要救，于是他们就坐救生艇逃出来了。”

结果小船漂到了这么个偏僻的村子，也不知道该咋办了，不过……

“那翻译倒不这么想。他说，因为这渔村小，海军地图上都没有。他们是撞了大运才会漂到这里的。只要藏好了，别让追兵找到，就能熬过去。”

所以翻译求古浦村收留他们，把他们藏起来。

“眼下好像还没有追兵找过来，要瞒过宪兵总归有法子。大老爷们都哭着给你磕头了，要是拒绝，心里多过意不去啊。”

当时允哥还是个笑念情（小年轻）。说到这儿啊，他还摆出一副高高在上的样子，用鼻子冷哼了一声。

“说到底，还不是因为大伙头一次见尸者，心里孩啪（害怕）吗。虽然会动，可毕竟是死人啊。一不留神得罪了，搞不好要遭报应的，村长肯定腿都吓软了。”

妹班乏（没办法）啊，毕竟俺们只听说过尸者兵都厉害得很。反正已经死过一次了，不会再死第二次，所以没有比尸者更靠得住的兵了。

而且那个眼睛蓝得跟大海似的大个子尸者是个外国人呐。俺也怕得要命，直纳闷为啥允哥一点都不怕呢？一问才知道，他在高中课上观察过。照理说尸者是不会说话的，也没法跟活人对话。允哥也觉得奇怪呢。如果翻译没瞎说，只能说那个尸者这方面比较特别吧。

啊？您问俺和允哥？是呀，您说的没错，那时候哪能叫“允哥”啊，都是喊“三藤少爷”。人家那是啥身份呀，俺这种渔家女没法比。

当年俺酿（娘）在三藤家做下人。俺叠（爹）没了以后，一家就全靠酿（娘）的工钱糊口，所以见到大宅子里的贵人呐，头都不敢抬。不过那时候当家的三藤老爷跟夫人都很和善，平时也很关心俺们，不会让俺们穷得过不下去。允哥跟旁的少爷也不大一样。上高中前啊，他时不时就会从大宅子跑到渔民住的地方玩，对俺们也好。

哎呀，您就别拿俺凯弯小（开玩笑）了。允哥只是稀罕海边抓的螃蟹啦，海牛啦，还有俺们这些老百姓嘛。

呃，然后……对，后来大伙答应了翻译，把他俩藏起来了。西边海岸上有个放工具的小屋，就让他们住那儿。船老大也发话了，让自家的笑念情（小年轻）在小屋周围守着。村里的女眷原本可不乐意了，嚷嚷着尸者是死人。结果船老大这么一说，也就老实了。

就这样藏了五六天吧。宪兵没找来，太太平平的。听说那翻译时不时去三藤家找老爷，估计是想打听打听那军舰怎么样了吧，这也是允哥后来告诉俺的。好像老爷一开始就挺同情那翻译的呢。

然后到了第六天还是第七天来着，那军舰大概也不准备找翻译了，就离开了三浦港，不知道上哪儿去了。大伙心想这下总算松了口气，下一步就是想法儿让他们偷偷逃走了。结果那翻译却说，他们想报答一下村里人。

而且这个主意不是翻译想的，是那个蓝眼睛尸者说要报答俺们。

海守神的庙不是在西边的海岸上嘛。那上头的山崖是不是稍微有点往外伸？其实那段山崖啊，原本还要更长一点儿，就跟四脚蛇尾巴似的。就是翻译他们来的前一年初春，那截山崖突然就断了，砸进了海里。那一片原来能打到很多狐鲷和大眼鲷的。没地震，也没被雷劈，说断就断了。船老大说，那种细点儿的山崖本来就不牢，一下子塌下来也有可能。

掉下来的石头就这么砸进了海里，折断的那头露在海面上。这下可好，水流都变了，动不动就冒出个漩涡来，把路过的船都拽进去了。就算船能划出来，也会被浪拍到下面的大石头上，甭提多危险了。根本没法打鱼。所以西岸的渔具小屋也就没人用了。

还有啊，山崖塌下来的时候，有两只村里的船被卷进去了。嗯，俺叠（爹）就是这么没的。船砸得粉碎，虽然有几个尸体捞起来了，可就是没找到俺叠（爹）的。大伙都说，肯定是被砸下来石头压住了。

翻译说，他带来的尸者可以把砸下来的石头挪开，让水流变回原样。尸者力气老大了，再说本来就不用呼吸，所以也不怕淹死。就算潜得很深，身子也不怕冻僵。

船老大跟三藤老爷都吓了一大跳，不明白尸者怎么会想出这个主意。那翻译说，尸者每天都躲在小屋里，也没别的事做，就成天看海。看着看着，他就纳闷了。这里明明能打到很多鱼，为啥没渔船过来呢？哦，大概是因为有那块石头，太危险了。他不知道山崖断过，却自己动脑子猜出来了，而且猜得一点儿都没错。那船老大跟老爷可不是得目瞪口呆嘛。

船老大最清楚村子周围的渔场了，所以他起初还是劝了两句，说尸者再厉害，也干不了这么危险的活儿。但尸者说他干得了，翻译也说没问题。

“反正那尸者也撑不了多久了，所以翻译想让他做点自己想做的事吧。”允哥是这么说的。

大伙又商量了足足五天，总算是说好了。尸者就开始潜水了。刚开始他花了很大劲儿才摸清楚打转的海浪下是个什么情况，后来就真一点点、一点点挪开了大石头。这下村里人又能去西边打鱼了。

嗯，是啊。全找到肯定是不可能的，但他找到了俺叠（爹）压在石头下面的身子，帮着捞上了岸。脑袋还挺完整，俺酿（娘）一看掉了哪几颗牙就认出来了。

起初啊，村里人还躲得远远的，不敢去看。允哥倒是伞田亮透（三天两头）跑渔具小屋看热闹，所以俺也跟着一起去了。俺亲眼看到尸者每次潜下去，都能把石头挪开一点儿，有时候还会捞一些东西。日子久了啊，村里的其他人也敢凑过来瞧了。

嗯，翻译也在旁边瞧着呢。他还对允哥说，那个尸者活着的时候也是打鱼的，英国也有渔夫呢。

允哥问：“尸者的力气都跟他一样大吗？”

翻译笑了。他说也不是每个都有那么大力气，只是那个尸者被改造过，变成了恶鬼一样的大力士。

啊？查问？原来叫这个啊。插件注⑦啊。

尸者叫啥名？哦，翻译叫他“汤姆”，所以大伙后来也这么喊。俺们没跟汤姆说过话。不过有一回，俺看见他一个人坐在海边，还听见他在小声哼歌。嗯，歌词没听清，但肯定是一首歌。因为他唱走调了，听着怪滑稽的，俺没憋住笑出来了。听到笑，汤姆也回头看了俺一眼，笑了一下。允哥死活不信，说尸者是不会笑的，可他真的笑了啊，俺亲眼看见的。

听说尸者因为是死的，感觉不到痛痒，但身子还是会坏的。俺每天去小屋，都能看出汤姆全身各个地方在一点点坏掉。眼瞅着耳朵少了一只，手指缺了一根。

最后，汤姆把露出一截的那块最大的石头也挪开了。村里人都去看热闹了，开心得直拍手。

石头是挪开了，可汤姆一直没上来。等来等去，连翻译都吓得脸色铁青了。他把手摆成喇叭形，拼命大喊：

“汤姆！汤姆！”

喊了一阵子，汤姆的脑袋突然浮上来了。大伙激动得手舞足蹈。汤姆是这样侧卧着游上岸的，而且游得比平时慢多了。

大伙很快就知道是咋回事了。

原来汤姆的右脚连根掉下来了，所以他游到岸边后都没法站起来。游这一段好像用尽了他全身的力气，胳膊都快动不了了。

村里的男人赶紧过去扶他，费了老大劲才把他运回小屋。翻译、船老大、三藤老爷跟村长在小屋里谈了好久好久，谈到太阳都落山了都没个信儿，好容易才等到三藤老爷出来。他跟一直等在外头的允哥说……

汤姆的尸身已经彻底坏了，所以要把他埋在俺们村。

甭管埋在哪儿，回头宪兵知道了都是大麻烦。所以他们告诉村里人说，汤姆的尸身扔海里了，还嘱咐大伙绝对不能把这事说出去，一定得保密。照理说，俺也没资格知道汤姆埋在哪儿。但我去求了允哥，说汤姆帮俺找到了叠（爹）的遗骨，俺想去祭拜他。允哥就说："只告诉你一个人应该也行吧。"

他帮我去求了老爷，所以我才会知道后面发生了啥事。

最先提出那个主意的是船老大。

"汤姆从大海的另一头远道而来，帮着打捞了古浦村的渔民遗骨，还替俺们弄平（恢复）了岸边的渔场。他是有恩于咱的神呐，把他郑重地供奉起来才是最好的法子。"

俺起初也觉得荒唐。可这仔细一琢磨吧，又想通了，觉得船老大说得一点儿都没错。

嗯，"海守神"写成大海的"海"，守护的"守"。那是俺们村儿一直信奉的神仙。保佑渔民的海神就是从大海的另一头来的，所以这个名字特别适合汤姆。

尸者能动的时候是不会腐烂的，可要是哪天不能动了，就会跟普通的死人一样腐烂，慢慢不成形。那哪儿行呀。所以他们把汤姆偷偷搬去了三藤家的大宅子，放干了血，把尸身彻底晾干，再刷上胶和漆，做成了神像。船老大年轻的时候在村子附近的海上钓到过一条足有一寻[1]长的翻车鱼，后来做成了标本。他就是照着做标本的法子做的神像。刷漆是允哥的点子。因为刷上一层漆，看上去就更像神像了呀。胶嘛是用来粘假脚的，代替汤姆掉了的右脚。

岸边的庙到底湿气重呀，所以俺本来还挺担心的，心想

1. 双手平举时左右手指尖之间的距离。

处理得再好，时间久了还是会烂吧……哦，这样啊。您也看到了，神像还是原来那样，一点儿都没坏。大概因为他本来就不是普通死人，是个尸者吧。

您问那个翻译？后来就没了音讯，也再没来过俺们村儿。允哥可能知道他在哪儿吧。不过这么多年过去了，人肯定也不在了。

海守神被运到东京后会咋样啊？他能回老家吗？

名字？汤姆的吗？哦哦，原来汤姆是他变成尸者后的名字啊。已经查不到他原来的名字了啊。那是不是也查不出他是在哪儿生的在哪儿长的啊？

不过汤姆肯定早就上天堂了。

天堂呀。您不知道吗？

祭拜汤姆的时候，俺本想念佛来着，结果翻译说，他信的神跟俺们不一样，所以不用念佛。他还告诉我，虽然信的神不一样，但做了好事的人去的都是极乐世界，汤姆他们去的极乐世界就叫“天堂”。

他的眼睛啊，和夏至的大海一样蓝。那天的太阳挂在头顶正上方，照得海面闪闪发光。在俺心里啊，他永远，永远，都是神。

注①：远东国际军事法庭（东京审判）于昭和二十一年（1946年）五月三日开庭。

注②：后续调查结果显示，伊森太郎在战时隶属于关东军防疫供水部（人称“石井部队”），至今未复员，生死不明。

注③：明治十年（1877年）西南战争期间，隶属于明治政府的尸兵团犯下大错，放任伪装成政府军的叛军通过田原坂。

事故原因是政府尸兵团错认了名为“官军旗”的识别旗。明治政府高度重视这一问题，就此将所有尸者收归国有，全面禁止个人、地方政府及法人结社持有尸者，并大力防止尸者扩散。

注④：大正十二年（1923年）九月一日，发生关东大地震。因帝都灾后复兴需要大量劳动力，因此上述禁止措施因同年十月颁布的《尸体民间运用特殊措施法》大幅放宽。同年成立的弗兰肯斯坦公社也是以该法令为基础。

注⑤：受弗兰肯斯坦公社管理的尸者是以“公社将政府转让的尸者派遣至民营企业、地方政府与各类组织”的形式投入使用的。然而，尸者作为劳动力扎根的派遣地，九成以上是矿井与矿山，以及地方乡镇的基建工地（如铺设铁轨、公路）。让尸者在主要城市从事一般劳动的举措，因市民强烈抵触而在试验阶段就宣告中止。在交通运输业、第一产业基层长期使用尸者的成功案例较少。

注⑥：在关东军统治下的伪满洲国，自行制造并使用尸者已成常态，相关事实通过移民中国东北的日本人传入日本国内。但当时的日本政府并不认为上述行为有任何问题。不仅如此，政府实质上默认了上述行为，并有将中国东北视作全新的尸者民用试验田的嫌疑。

注⑦：在当时的英国，先写入“通用剑桥引擎”，再以特定工种的插件覆盖，是控制尸者活动的通用手法。古浦村的尸者为尸兵兼实验体，因此其安装的插件可能不是特定工种型，而是能力增强型。

警长的明天

1

跟往常一样，本部给的文件又出问题了。名字拼错了。拼成这样可没法读。

“你来改吧。”

警长把问题指给眼前的当事人，即刚到岗的新任警长助手，并把笔递了过去。

新来的助手面露不快，仿佛警长刚指出他的履历有什么瑕疵似的。

“哪里错了？”

“第三行和最后一行。只是拼写错误而已，常有的事。”

警长开了锁，拉开办公桌最下面的抽屉，取出助手专用的徽章和一把小型手枪。那是四五口径的转轮手枪，可以装六发子弹。

“名字签哪里？”

“最后一页。”

新来的草草签了名，把只有封面考究的任命书交还给警长，微微一笑。

“来之前就听说了一些传闻，看来这儿真的很复古啊。”

警长以管理者的身份在任命书最后一页签上了自己的名字，耸耸厚壮的肩膀。

“小地方都这样。你是城里长大的？”

“您没看我的简历吗？”

“看是看了，但已经忘了。”

只记得他的年龄。简历上写着：年满二十二岁。

“从后面那扇门出去往里走就是更衣室了，自己找身尺码合适的制服吧。枪套有腰带、背带两种，可以选自己喜欢的，两种都很旧就是了。”

警长一甩手，徽章和手枪沿着桌面滑过去，被新来的用右手一把抓住。他的个头不算高，手却挺大，健康的指甲颜色是年轻的证明。

“朋友们平时怎么叫你？”

“吉克。”

“好的吉克，你可以开始工作了。”

剃得很短的红头发，宽大的额头。吉克从椅子上站起来，晒得黝黑的脸上浮现出笑容。

“我该怎么称呼您呢？”

“叫‘警长’就行。”

这座小镇只有两百九十七户人家，总共八百二十三人。治安局只有这一处，警长也只有他一个。

且不说“就任仪式”，单说作为初次见面的寒暄，这对话也未免太寡淡了点。新任助手正要一脸失落地离开，警长却突然开口：“吉克。”

“嗯？”

“欢迎来到‘小镇’。夏天是这里最美的时候。”

此处是警长办公室。两人头顶的天花板上，老式电风扇保持着稍稍右倾的角度，缓缓旋转着。

小镇居民都管治安局叫“马棚”，但其实壁板加木板屋顶的构造，和镇上大多数民宅并无不同（在吉克眼里，这些房子大概也会被归入“复古”的范畴），只是治安局东侧伸出了一长段后来增建的部分，形状看起来像个马厩。然而镇上马术俱乐部的马厩可建得比它高档多了。所以这个外号也是包含着友好的调侃。就是警长的马脸——长长的下巴。

透过办公室的玻璃窗能看到隔壁办公室的警用无线电设备，这是那个房间里最占空间的玩意。背对警长坐在设备前的是通信员兼警长秘书加尔达婆婆。正如居民对警长的称呼永远只有“警长”这一种一样，大伙对她的称呼也永远只有“加尔达婆婆”这一种。这位老小姐恐怕已经年过古稀，除了警长没有第二个人会用“加尔达女士”叫她，但没人关心这个问题，包括她自己。她把起床后的大多数时间都花在了无线电前，而守着无线电的那段时间里她基本都在打瞌睡。这样一位老婆婆，正是“小镇”岁月静好的象征。

每当无线电响铃时，加尔达婆婆定会醒来，宛若奇迹。而此刻吉克从她身边走过，她却毫无反应，电话也没有响。今天也与昨天一样，大体平静的一天拉开了帷幕。

警长走向墙边的镜子，检查仪表着装。浅卡其色的衬衫搭配深卡其色的领带，衣领上的两道红杠代表了警长的身份。助手吉克的制服上就没有杠。和警长一样，全镇只有一位副警长乔，他的衣领上是一道杠。这些杠以非常简单明快的形式体现出了上下级关系。

警长的黑发中夹杂着白发，并且和吉克一样剃得很短。他把双眼凑到镜子前，拔掉了右眉中那根分外惹眼的白毛。衣领挺括平整，没有一条褶皱。领带也干干净净，不见一处污渍。胸前有盖口袋的纽扣也是闪亮如新，没有划痕。裤线笔直，安全皮鞋擦得铮亮。手枪、警棍、笔记本与徽章都齐了，再戴上帽子，揣上无线电就行了。

今天一早，警长在家接到消息，说小镇会议厅的窗玻璃被人打碎了一块。住在会议厅的老管理员称，他半夜听见几个年轻人在附近吵吵嚷嚷，还有凌乱的脚步声。不是他们故意搞恶作剧，就是打架斗殴的时候碰巧敲碎了玻璃。

对这座采用直接民主制的小镇而言，会议厅是与议会同等神圣的场所。哪怕是如此微不足道的小事，前往现场勘查的警长也必须做到衣冠得体。礼仪在“小镇”是非常重要的。

警长走向无线电设备，拿起自己的无线电对讲机，每走一步地板都嘎吱作响。加尔达婆婆正张嘴打着瞌睡，警长心想，只留一个新人看家总归有点……这时警车恰好回来了，一脸困倦的乔打开驾驶席一侧的车门下了车。他摘下帽子，一边撩起头发，一边踩着台阶朝治安局门口走来。

换完衣服的吉克刚好也出来了。只见他把手指插进领口松了松，许是衣领有些紧。

乔用身体推开双开的大门，走进屋里，不等警长开口说“早”，他便声音爽朗地说道：

“增援的总算来啦？”

“虽然就一个。”

警长点点头，吉克摘下帽子放在胸口，轻轻行了一礼。

“呃……”

“我是副警长，乔。”

“幸会。”乔与吉克握手。他比警长高出一头，腿也很长，留着一头亚麻色的长发，鬓角和脖颈的发际看着尤其不清爽。然而无论警长如何提醒，他都没有要剪的意思，美其名曰“至少也给我留点个人爱好吧”。

“幸会。”吉克带着略显僵硬的表情说道。

“我平时还要更帅一点，今早是刚值完夜班，得打个七折吧。”

乔看起来的确有些疲惫。

“辛苦了，折腾了这么久啊？”

“头都大了，又是第一供水塔。不如别修了，直接推倒重建还快一点。”

本镇共有三座供水塔。今天凌晨四点左右，治安局接到急报，称其中一座供水塔的系统瘫痪了，值班的乔便赶了过去。供水塔出了故障，水力公司和建筑公司不管，却是治安局出马，这本就是怪事一桩。怪只怪这座第一供水塔近两个月里故障频发，于是引起了警长的注意。要是如乔所说，问题根源在于设备老化，那倒也不用担心。但其中几起故障存在人为引发的可能——至少警长看到了人为引发的迹象。

“在十分多钟里，输水管有两处阀门检测到了超出限值的水量，所以自动停机了。”

乔打着哈欠说，肯定是水表故障。“不然呢？那可是早上四点哎，难道镇上不知不觉间流行起了大早上泡澡？”

“现在是夏天，会不会是居民们在那个时间一起起来冲凉呢？”

吉克冷不丁冒出这么一句，带来了一阵尴尬的沉默。他大概也觉得尴尬了，急忙补充道：“镇上还挺闷的呢，会不会因为这一带是盆地啊？”

乔眨了眨眼，挑起一边的眉毛，又反问了一遍：“大早上四点哎？”

警长笑了，吉克也笑了。乔笑得最响。

“我要出去一趟，顺便去第二、第三供水塔了解下情况吧。”

警长戴上帽子，拿起车钥匙。临走时，他拍了拍乔的肩膀：

“你给吉克讲讲镇上设施的大概情况和值班的注意事项，讲完了就回去歇着吧。”

好好好，乔笑了笑，回头望向加尔达婆婆。

“还有叫醒我们可爱的老婆婆的诀窍，我也会好好传授给他的。”

会议厅的玻璃没有彻底粉碎，只是多了几条裂缝，掉下来几块碎片罢了。管理员一个劲儿地说那群半夜吵闹的年轻人，却没说在他们逗留期间听见了玻璃碎的响声。

“也许玻璃早就碎了，跟那群年轻人没关系。”

会议厅面朝公路，西侧的岔道也时常有车经过。也许是轮胎带起了铺在建筑周围的小石子，而小石子碰巧砸中了窗玻璃。

“不可能，我是按时巡逻的！被他们吵醒后爬起来一看，我才发现玻璃窗碎了！”

警长连忙安抚神情激动的管理员：“我不是在挑你的错啦。”

“早知道会变成这样我就该立刻报警。我是不好意思半夜三更把你吵醒，才等到了天亮。”

管理员嘟嘟囔囔，嘴都歪了。

“总之，这就是一起单纯的破损事故，赶紧找玻璃店来修吧。”

警长目送管理员折回会议厅，发现他的步子不是很稳，走路时分明拖着左脚。他年纪是不小了，但身上应该不存在妨碍走路的毛病。

警长解开胸前口袋的纽扣，掏出手机。“小镇”只有两家手机店，不过新手机都卖得不贵，上新款的频率也高，所以两家店生意都很好。无论到哪家店，只要警长一掏出这部手机，店员都会一脸无语地说：“警长，您还在用这么老的款式啊？”

而他每次都会如此作答：“这玩意也算是我老婆的遗物，所以我不想换呀。”

警长的手机看似老旧，性能却比镇上任何一部手机都要强。它并非警长的私有物，甚至不是“小镇”的设备，而是本部下发的装备。

警长把手机摄像头悄悄对准迈着蹒跚步子走向会议厅门口的老人，拍了几秒视频。要想分析个体动作，这个长度足够了。他本想写入管理员批号，加上批注立刻发送，片刻后却改了主意，只把视频存在了手机里。如果管理员没说谎，那就意味着他能在寂静的半夜听见室外年轻人吵闹的说话声和脚步声，却听不见玻璃破碎的响声。倘若真的出现了客观听觉不均的问题，那还是一并上报为好。先观望一阵子吧。

“玻璃店的人说马上就来。”

管理员把头探出会议厅办公室，对警长喊道。警长抬手回答：

“我还要去一趟供水塔，你帮我给镇长打个电话吧。报告回头再发。”

三座供水塔建在环绕“小镇”的森林中，呈等边三角形，而“小镇”刚好位于三角形之中。人们习惯性叫它们“供水塔”，但其实它们不光管上水，也负责处理下水。供水塔与配电所一样，是维持小镇正常运行的重要基础设施。

离开会议厅后，警长先去了第三供水塔。见到班长并确认没有异常后，他又将警车粗犷的保险杠转向北面，前往第二供水塔。警车行驶在郊外森林中，林荫道上并没有其他车辆迎面驶来。他关了空调，打开车窗，夏日森林的气息扑面而来。

听说第一供水塔发生了事故，第二供水塔的操作员们正在开会讨论防范措施。遇到这类情况时，二号塔的班长总能及时应对，相当可靠。

“目前我们塔还没出现类似问题，不过我们准备尽快拆卸、清洗一下阀门。看一号塔发来的报告，像是氯造成的阀门粘连。”

警长把班长叫到离操作员们有点距离的地方。

“事已至此我就开门见山了。你怎么看？有没有可能是那边偷懒造成的？”

“这……”班长支支吾吾。

“第一供水塔上周不是也停过一次机吗？他们故障的频率也太高了。而且我听说，他们同事间处得也不太好。”

“就算同事间闹了矛盾，操作员个人也不能把系统怎么样啊。”

“往水箱里灌氯还是可以的吧？也许是管道里一直流着氯浓度超标的水，所以阀门才会粘连的。”

班长沉思片刻后轻声回答：“这个可能性倒也不是完全没有。”

“我听说，二号塔的女操作员被班长骚扰了。”

“有可能。”

警长脑海中浮现出第一供水塔班长泛着油光的脸和凸起的大肚子。

“不过就算您去问，他们肯定也不会老实交代。搞不好还是直接调监控省事。”

“我试试，多谢了。”

回到警车驾驶席后，警长再次掏出手机，连上本部的数据库查了查。他不可能记错，但小心谨慎是他一贯的行事风格。

——果然。

第一供水塔班长的个人信息中罗列的事实，为警长的记忆提供了佐证。

必须上报本部。虽然上报了也不会怎么样，只能继续监控，但他至少可以通过镇长做些工作，推动三座供水塔之间的人员调动吧。一号塔还是别安排女操作员为好，省事。

第一供水塔已经启用了备用设备维持运行，所以镇上并没有哪里断水。监控视频也可以通过本部拿到。所以无论是出于职务，还是出于心情，警长都没必要再特地跑一趟。于是他决定回治安局去。

不过他并没有立刻赶回镇中心，而是绕到了能远眺第一供水塔的林荫道，因为他想再多享受一会儿独自驾车兜风的悠闲时光。当然，由于警长时刻和本部保持着联系，无论何时都不可能完全独处，但独处的心境还是不能丢的。

警长目送走了第一供水塔，从林荫道拐进了小镇的二号公路。没过多久，一幕令人担忧的景色映入眼帘。

二号公路沿线的民宅寥寥无几，还有几栋没人住的房子，在“小镇”里算是比较冷清的一角。只见一个身着白色连衣裙，肩上挂着包的姑娘从一栋红顶房子里冲出来，正要钻进前院的银灰色轿车里。如果警长没听错，有人在姑娘冲出房门时对她吼了一声，或是喊了一声，反正嗓门很大。

姑娘坐上轿车驾驶席，准备开车。警长放慢车速，同时鸣笛两声提醒她注意。姑娘猛地回望，齐肩的长发随之飞扬。

警长用警车堵住了轿车的去路，姑娘则手搭方向盘低着头。红顶房子窗口帘子微微一动，一个女人一闪而逝，是姑娘的母亲。

警长戴上帽子，确认腰带上的徽章没有歪之后缓缓下车，举起一只手跟驾驶席上的姑娘打招呼。

“哟，简。”

姑娘仍然捏着车钥匙。她的车好像也跟她一样不高兴，突突作响，仿佛发现了可疑分子的看门狗。

“好像已经过了说‘早上好’的时候了呢，简，”警长亲切地说道，把手搭在轿车的引擎盖上，“暑假过得好吗？”

十七岁的简在“小镇”的高中上学，今年高三。她气急败坏，一遍遍地拧钥匙，然而发动机就是点不着。

“下车吧，简，到外面聊聊吧。来吹吹凉风，可舒服了。”

简骂了一嘴，下了车。超短连衣裙随风舞动，肉感十足的大腿片刻闪现。

她狠狠摔上车门，带着咄咄逼人的表情凑近警长，一副要咬人的架势，双手攥成了拳头。

“我要去教堂，能不能捎我一路？”

警长装糊涂道：“你这车是不是电池出了问题？赶紧联系海登先生吧。”

海登先生在小镇的汽修厂工作。

“我要去教堂！”

简吊起眼梢，脸颊潮红。由于咬着嘴唇，她的嘴成了一条缝。

“今天是周五啊，白天不做礼拜，这会儿离傍晚的礼拜还早着呢。”

还记得上上次的“轮回”中，“小镇”教徒的根据地圣玛利亚教堂来了位年轻英俊的助理神父。唯有那一次，简三天两头去教堂做礼拜。不过神父是不能结婚的，所以当她意识到助理神父并没有被自己的魅力折服并产生还俗的念头后，她也没再多纠缠。只是后来她又去了一趟教堂，引发了一场骚乱就是了。

这姑娘也没变，跟第一供水塔的班长一样。无论哪次轮回，他们凑齐一手牌的概率都很高。

不过这次简还没犯事，得再坚持一下。警长换上尽可能温和、看起来善解人意的笑容。

“简，你要去教堂干什么啊？”

姑娘烦躁不已，眼角迅速泛起泪光。“这还用问吗！我要见神父，求他取消明天的婚礼！”

“简，你没有权力这么做。”

“怎么没有！”姑娘发着抖，带着哭腔吼道，“托尼爱的是我！我们是真心相爱的！他就不该跟那种傻女人结婚！”

她口中的“托尼”是位高中数学老师，二十六岁，前途光明。明天上午十点，他将在圣玛利亚教堂举行婚礼。新娘是他的同事，在高中教音乐，同时也是镇长的女儿。

警长对这段恋情早有耳闻，因为托尼来咨询过他：自己不过是个刚踏上社会的数学老师，对方却出身名门，是家底殷实的镇长的独女。他担心和这样的姑娘交往会不会太鲁莽了。

警长给出的回答却很简单。

“哪里鲁莽啦？你们很般配啊。”

之所以这么说，是因为警长知道两人都是“白卡”，并不是有其他依据。无论哪次轮回中，他们都是善良勤劳的市民，正如“白卡”应有的样子。在上次轮回里，托尼是实习税务员，镇长女儿是诊所医生的女儿；但都是“小镇”模范居民这点并无不同。两人的智力与情绪参数都符合典型城市白领的特征，所以任轮回如何迭代，他们都会进入同一类别。

毕竟是同事，还都是学校老师，所以两人谈了很久的地下情。三个月前，镇长终于点了头，于是他们便正式订婚，也公开了关系。

谁知简却来横插一脚。“黑卡”简向来容不得别人幸福快乐，尤其即将步入婚姻殿堂的是她中意的帅哥，而企图抢走他的女人长得漂亮还有钱，是她最看不惯的类型。

“简，你误会了。”

这是他第几次劝这个姑娘呢？

“托尼是个好老师，所以碰到你这种数学不好的学生会格外上心。但他只是在履行教师对学生的职责，并不是喜欢上你了啊。”

“当然不是喜欢！”简仰起头，鼻尖朝天，斩钉截铁道，“我已经不是默默花痴的小屁孩了。我不是说了吗？托尼跟我是真心相爱的！我们是真爱！”

“那托尼为什么要跟别人结婚呢？”

“所以我才说他被那个女人骗了啊！”

“托尼有那么傻吗？”

简的气焰被挫下去几分。“他不傻，只是……被诱惑了。那是政治婚姻。托尼以后要当议员，有镇长撑腰肯定会比较占便宜。”

又是这套说辞。这三个月里，他不知道听了多少遍。

在警长看来，简所谓的“真爱”只不过是妄想——被爱妄想。这姑娘满脑子都是你情我爱。而且要只是个吵吵闹闹、恋爱上脑的傻姑娘也就罢了，问题是她有一种非常棘手的冲动：一旦现实偏离她脑海中勾勒的剧情，她就会忍不住以暴力的破坏行为进行修正，而不是掉两滴眼泪就老实退出。上次“爱上”那位助理神父的时候也是一样，意识到对方无论如何都不会倾心自己后，简狂怒不已，燃起了复仇的烈火。她在某个深夜冲到教堂，哭求助理神父立刻听她告解，在善良的神父同意并跟她独处了一会儿后，她直接跑到了治安局。她居然谎称那位助理神父在教堂的祭坛前强行猥亵了她。

当晚值班的恰好是警长。通过有关数据与亲身经历，他早已对简的性情了然于胸，所以处理起来不慌不忙。简爱撒谎，演技却很蹩脚。如果她无比信赖的助理神父真对她做了什么，她不可能说这么多话，也不可能如此咄咄逼人，得意扬扬。何况证词也有许多前后矛盾的地方。警长委婉指出这些问题后，简勃然大怒，说了更多逻辑不通的话。那样子甚至让警长生出了几分怜悯。

毕竟是牵涉到教堂的事，所以那次轮回中，本部迅速将简暂时逐出了“小镇”。不等她回来，就迎来了“全剧终”的时刻。虽说简是教人头疼的问题人物，但她在其他轮回中并没惹出过什么大麻烦（虽然被人指指点点，被说水性杨花，在学校、职场遭人嫌的概率比较高），所以这一回警长也得静下心来对付这个费事的姑娘。他没法对姑娘的脑子做手脚，但改变她的想法还是有可能的——至少可以给她一把更准确的标尺，用来衡量自己与他人之间的距离。

不过眼下貌似有个更现实的问题要解决，就是面对警长，一刻都静不下来的简。她一会儿十指交叉，一会儿握拳打开，一会儿左顾右盼，一会儿动动指尖。也不知为什么，她好像一直惦记着那辆轿车。仿佛它存在的意义，不仅限于“尽快赶往教堂的交通工具”。

“简，能让我检查一下那辆车吗？”

果不其然，简整个人跳了起来，仿佛有人拿针戳了她的屁股。

“为什么？”

“我感觉那车打不着，也许不是电池的问题。”

“就是电池的问题啦！哪有什么复杂的？”

简额头冒汗。

“让我检查一下吧。”

警长从她旁边穿过，凑近轿车。

简差点伸手去拦，却僵在了原地。

警长拉开车门，上半身钻进车里。

“行驶证在哪儿？这是你妈妈的车吧？”

红顶房子的窗帘又动了动，简的母亲正在偷瞄这边。在简跟助理神父闹出情感纠葛的那个轮回里，她的母亲是“白卡”。但这次的母亲是“灰卡”，虽无犯罪史，却患有依赖症——依赖酒精。此人对女儿的教育漠不关心，生活态度也糟糕得很，恐怕家里早已乱成了垃圾堆。简好歹穿着干净时髦的衣服，这点完全归功于她自身的努力，是值得肯定的。要是能想办法把这方面发扬光大就好了。

打开轿车仪表板的储物格一看，里面放着一把自动手枪，还有一个备用弹匣。警长一并取出，钻出轿车，转向简，亮出手里的东西。

“用九毫米帕拉弹的西格啊。”

简已然缩成一团。

“这玩意不久前还是我们的正式装备呢。你从哪儿搞来的？不会是我们淘汰下来的吧？”

眼看着简的脸色愈发苍白。她轻声呢喃道：“网上买的……”

“小镇”在物理层面与外界隔绝，但可以上网，因为“大本营”里其他跟“小镇”规模相当的镇子都可以上网。尽可能贴近现实的设定——这就是本部想要的。

所以才会出现这样的问题。镇上有正规的枪火店，专为享受狩猎季的男士服务。而出于其他目的在居民间流通的枪，基本都是通过网络购买的。不只是枪，儿童色情产品和毒品也是一样。

“你打算用它干什么？看来我们得好好聊聊了。”

警长对呆若木鸡的简扬了扬下巴，示意她上警车。这时车载无线电响了。警长撂下简，拿着她的枪和备用弹匣，大跨步走回警车。

“怎么了？”

“警长，赶紧回来一趟！”

是吉克的声音，都破音了。

“有一起绑架案。人质——不对，应该算受害者吧……受害者是个女生，但她逃出来了，现在就在治安局。所以，呃，这算绑架监禁案吧？”

警长说他这就回去，然后回头望向简说：

“在家待着，我过会儿联系你，在那之前不要出门乱跑。”

警车发动，这个季节的“小镇”所特有的湿热夏风拍打着警长的脸颊。

2

受害者名叫卡拉·苏耶拉，今年二十一岁，在美院念书，这段时间在老家过暑假。她的父母上周末去了奥利耶尔湖畔的别墅，家里就剩她一个。

奥利耶尔湖是一座人造湖，位于第二供水塔所在的那片森林北侧，也是小镇的水源之一。湖畔林立着别墅与小木屋。正如吉克今早所说，“小镇”此时正被盆地特有的闷热笼罩，而湖畔恰好是避暑的上佳之选。

“还好吧？”

卡拉默默点头，回答吉克的问题。她的嘴唇干燥，嘴角裂开，还挂着凝固的血。双侧手腕和脚踝上都清楚地留着被绳子、细胶带之类的东西捆绑的痕迹。

冲进治安局时，卡拉只穿着内衣和衬裙，光着脚，而吉克的慌张程度与她相当。加尔达婆婆因突发情况从瞌睡中醒来后，借了她衣服，给了她水喝，还一下一下轻抚她的后背，她的脸上这才多少有了点血色。相较之下，吉克的脸色反倒更加苍白。

卡拉端端正正地坐在办公室角落的沙发上。警长坐在离她稍有距离的转椅上，平视她的双眼。这类案件的受害者会对超越界限、闯进个人空间，或是俯视她的异性产生恐惧，哪怕对方是正在保护自己的警察。

卡拉顶着一头乱发，几缕头发被汗贴在脸上，眼下还挂着浓重的黑眼圈，但她依然明艳动人。乌发碧眼，美得不可方物。

警用无线电响个不停。加尔达婆婆与乔正忙着召集小镇自卫团的成员。卡拉瞥了他们一眼，仿佛想起了什么似的浑身一颤。

“幸亏你还记得那地方在哪儿，案子很快就会解决的。”警长对她说道，“我们这就赶往现场。不过你不用一起来。医院工作人员已经在往这边赶了，等人到了，你就立刻跟他们去医院，其他的都不用担心。”

“可是——”卡拉开口说道。她的嗓音略显沙哑，恐怕是因为逃进治安局时号啕大哭，尖叫不止。据说吉克费了九牛二虎之力才让她平静下来。“还得拍照什么的吧？用作证据……”

警长微微一笑。“这些事也会由医院的专员完成。不过你知道得可真多啊！你能保持冷静，对我们的工作来说也很有帮助。”

卡拉勉强挤出让人心疼的微笑：“因为电视里都是这么演的。”

医院的救护车打着蓝色巡逻灯赶到了治安局。

“抱歉，我想再确认一下，绑架你的男人是单独行动的吧？”

“就他一个，屋里好像没有家人或是同伙。”

“他有枪？”

“嗯，和您的配枪一样。”

也就是说，嫌疑人的武器不是自动手枪，而是转轮手枪。

“只有一把？”

“我见过的只有那一把，不过他还有猎刀。”

“你是被关在地下室里。走进大门，不远处就是楼梯，从楼梯后面就可以下到地下室？”

“对……”卡拉点点头，喉头仿佛痉挛般抽了一下，“地下室里没有家具，但有弹簧床垫，还有器材，很多……”

她说的话磕磕巴巴。

“器材？什么器材？”

“摄影的……”

卡拉咽了口唾沫，打了个冷战，抬手捂嘴，泪水夺眶而出。

“那个男的，把对我做的事，拍下来了……一直在拍……”

吉克的面容痛苦地扭曲着。

医院工作人员走进警长办公室，踩得地板直响。警长做了个手势，示意“这边请”，随后站起身来。

“吉克，走吧，你的第一个活儿来了。”

吉克显然慌了神。

“乔、乔哥呢？”

“这回轮到他看家。”

自卫团的男成员们开车的开车，骑车的骑车，接连赶到了治安局门口。

嫌疑人的窝点位于“小镇”西郊外的四号公路后，刚好和简家连成一条横贯小镇中心区的对角线。

这一带民宅也很少。木材加工业被设定成了“小镇”的支柱产业，而这附近便有许多资材放置处，作坊与停车场穿插其中。按住宅地图来说，那栋房子算是加工厂的员工宿舍，房主至今还是加工厂厂长。

前天晚上十点多，卡拉步行前往自家附近的便利店，谁知刚出店门就被一名男子掳走了。他拿枪顶着卡拉，拽她上车，把她带回了那栋房子。她被监禁了大约四十小时，好不容易才趁男子熟睡时逃了出来。

男子一觉醒来，发现卡拉不见了。仿佛是为了弥补之前的错误一般，他做了一个正确决定：逃走了。房中空无一人，门窗都没上锁。

警长一行人冲进房子，在地下室发现了如卡拉所描述的物品。除了摄影器材，还有两台显示器。各色电线散乱在地，纠缠不清。男人们脚下一动，被湿气腐蚀的地板就仿佛要被踏穿。直接放在地上的双人弹簧床垫脏兮兮的，上面遍布污渍，其中貌似还掺着血迹。

“先把现场拍下来，然后把这里的东西统统带走。”

看到吉克伸手要开其中一台显示器，警长制止了他。

“先别开。”

那样只会让早已气得面红耳赤的自卫团成员们更加脸红，以及让卡拉更受伤害。

“也是……”

吉克意识到了自己的轻率，咬住嘴，将视线从显示器上移开。

总体来说，房子里比较乱。虽有人住过的痕迹，但好像那人既不打扫也不做饭。衣橱里挂的衣服倒是干净得很，还有不少是新的，都是些相当昂贵的款式。

嫌疑人可能是开车跑的，车库里空空如也。垃圾袋在角落里堆积成山，恶臭扑鼻。

“得组织人手搜山啊。”自卫团团长绷着脸喃喃道。这位谢顶老者是小镇的副镇长。他虽然上了年纪，却是人高马大，一身肌肉，同时也是经验老到的猎手。从方才开始，他就向车库里残留的轮胎印投去了犀利的视线，仿佛在观察猎物的脚印一般。

“嫌疑人有枪。被害人说她只见到了一把但——”

“我知道。大家心里有数。”

副镇长环视四周。他的眼中不仅燃起了怒火，对污秽之物的侮蔑也散发着暗芒。

“这个人，警长有什么想法吗？”

“抱歉，我也……”

习惯的谎言脱口而出。无论哪次轮回，到这个时候他都会想。这不是谎言，是我的职责。

“我也一点头绪都没有。会不会是外乡人？”

“得查查他是什么时候住进这里的。”

“要是知道他长什么样就好办了——”

这时屋里有人喊：“警长，麻烦您过来一下！”警长从车库走回室内，只见自卫团的一位成员正在深处的起居室里不住朝他招手。

“看这个！”

“这下连画肖像的功夫都省了。”他说。

在杂乱无章、颇煞风景的屋子里，一张复古风的古董咖啡桌显得格格不入。桌面被一堆相框占满了，每张照片的主角都是同一个人。

“就是他吧？煞有介事地摆一堆照片在家里，这得多自恋啊。”

照片中的男人的确把自己当成了模特，每张脸都直视着镜头。有穿燕尾服的，有一身户外装扮的，还有穿着泳裤站在泳池边的。每一张照片里，都是灿烂无比的笑容。

警长拿起其中一张。年轻男子站在圣诞树前，单手拿着香槟酒杯，对着镜头摆出干杯的姿势。他……

根本无须向卡拉求证，因为警长认识“他”。不过程序还是不能省的。

“帮我把副镇长叫来，就在这儿安排一下搜山的事吧。”

支开自卫团成员后，警长把相框放回桌上，闭上眼睛。

在之前的轮回中，“他”从未表现出自恋倾向，这个特征只出现在了现实世界的那起案子中。

现实与轮回首次出现了一致。现实与“有可能发生的另一种现实”的一致。而且这个一致，还出现在这么细节、这么无意义的地方。

周而复始。

——毫无意义。

警长察觉到，自己并没有生气，也不是觉得无语。他感到灰心丧气，疲劳感汹涌而来。

许多居民志愿加入了自卫团，大规模的搜山行动就此启动。然而，实施绑架的嫌疑人至今行踪不明。

他的身份已经查明了。这个“身份”，指的是男子报给房主并在签租房合同时用的名字。对警长而言，那只是一个代号罢了。每次轮回都给“他”起不同名字是从三次轮回前开始的，那是本部的决定。警长不了解这背后有怎样的心理学意义，也没有兴趣了解。

在那之前的“他”，在现实中存在过的“他”，名叫凯威尔·莫文。亲朋好友，以及律师们都喊他“凯夫”……

到了傍晚，人们发现绑架卡拉的嫌疑人可能不是第一次作案。得知卡拉的遭遇后，一对夫妇来到治安局，说他们的女儿半个多月前离家出走，至今未归，说不定也是被那个男人绑架了。

警长斥责那对夫妇说：“你们怎么才来报案啊？”两人露出同样困惑的表情，你一言我一语地为对方开脱了起来，表示女儿一直都想去大城市，成天为了这个跟他们吵架，“你们不答应，我就自己去”甚至成了她的口头禅。所以当女儿消失时，他们都认定她是真的离家出走了。

据说他们的女儿今年十五岁，比卡拉小，也比简小。

“就算是离家出走，她还那么小，你们怎么能不管呢？”

仿佛在呼应这对垂头丧气的夫妇一般，四号公路后的房子里搜出了不属于卡拉的衣物与女鞋。自卫团成员们的神经绷得紧了。受害者还有一名。她在哪儿？卡拉逃出来了，可这个姑娘呢？她是不是没逃出来？

“不能排除最坏的可能。很遗憾，我们要找的不只是嫌疑人了。”

案发现场周围是一片杂木林。

“大家仔细观察地面，看看有没有翻过地、埋过东西的痕迹。”

午夜零点将近，自卫团成员们的士气却没有一点消退。“马棚”一改往日的安静，明晃晃的照明灯与进进出出的男人们滚烫的怒气，把它变成了自夜空降临的宇宙飞船，光芒四射，火光熠熠。

“加尔达女士，您先回去吧，我会让自卫团的人守着无线电的，别担心。”

也许是平时攒够了睡眠，婆婆显得气宇轩昂。

“瞧你这脸，我看你比我更需要休息。”

“我没事。”

就在这时，胸前口袋里的手机震了起来。是绝不会错的独特震动。

看吧，来了。

“休息就算了，不过我得去教堂看看。闹出这么大动静，拜登神父肯定在担心明天的婚礼能不能按计划举行。”

“说起这个，刚才镇长来过电话了。”加尔达婆婆有时也会忘记传达要紧事，“他说婚礼就只请家里人了，婚宴也延期举办。他跟宾客都打好招呼了。”

“那我去跟神父确认一下。”

警长说了句三十分钟后就回来，接着便去了圣玛利亚教堂。

教堂大门是二十四小时开放的。十多位信众零零散散地坐在对着祭坛的长椅上，垂着头，也许是在祈祷惊扰“小镇”的事件尽早解决。明明是大半夜，拜登神父却穿着法袍迎接了警长。

“这是要通宵礼拜吗？”

“毕竟犯人落网前，很多信众担心得睡不着觉啊。”

拜登神父与警长年龄相仿，瘦得跟铁丝似的。“敬虔”是构成宗教家人格模块的基础元素，所以这类人不易出现动作故障，多次复制也不易劣化，十分难得——尽管知道这些情况，但看到身着白色法袍、搭着紫色披肩的神父露出分外平和的眼神，警长竟还是忽然感到了一丝慰藉。

没错，慰藉。警长心想，这就是我需要的。“小镇”即将迎来又一个终点。他想在那之前得到慰藉，哪怕一点点也好。

不知不觉间，我变得软弱了。在一次次轮回之后，尽管事态没有丝毫改善，我却在不断劣化。

“我们正在搜查。只要嫌疑人身在‘小镇’，肯定能在天亮前找到他。请大家尽管放心吧。”

“我明白了。”神父回答道。

“我吩咐了自卫团派人守着这里。来的是谁啊？”

“是托尼，”神父微笑道，“他想在明天当新郎前尽到居民的义务。您有事找他？”

“不用，暂时没什么事，我就是过来看看情况。”

“谢谢您特地过来。”

“熬完通宵办婚礼也太累人了，我这就派人过来换托尼。”

“我会转达的，至于他肯不肯听……”

据说托尼和卡拉很熟。

“听说卡拉是他带的第一届学生，立志要当画家。”

“嗯，她是在美院上学。”

“她眼下最需要的肯定是治疗，不过要是有我能帮上忙的地方，只要您一句话，我随叫随到。”

“有您这话我就放心了，到时候再麻烦您。”

警长走出圣玛利亚教堂。穿过前院，回到警车旁时，他回头望了一眼教堂的尖塔。一颗明亮的星星落在塔尖。

钻进车里，掏出手机，输入密码解锁后，按下通话键。

电话接得很快。

“情况如何？”

本部话务员也有人员变动。据警长所知，这已经是第三个了。他比前两任都年轻。也许就因为这个，他的语气总是彬彬有礼。

“何必问我呢，你们不是都知道吗？”

“我想问的是，您对当前的事态有怎样的看法。”

永远淡定，不会生气，也不开玩笑。话务员就是如此。反复问同样的问题也好，讽刺调侃也罢，都没有任何反应。

“全镇都为卡拉的遭遇义愤填膺。自卫团要是找到了嫌疑人，可能会当场用私刑。”

所以赶紧告诉我吧，警长对远方的话务员说，“凯夫在哪儿？”

“他不叫凯夫。”

“有什么关系，反正我只在电话里用这个名字。”

风琴声从圣玛利亚教堂传来，肯定是拜登神父在演奏。

“在奥利耶尔湖底，”话务员的声音一丝不乱，“连人带车冲进了湖里。是昨天下午两点十二分的事。这就发坐标给您。”

然而警长却慌了。凯夫自杀了。这样的结局前所未有。

“——既然他已经死了，我们也就没什么可做的了。”

“您也知道，之前从未出现过这种情况。为了观察周围的反应，需要继续推进‘轮回’。”

也就是说，他们要收集信息。

“好吧。我告诉自卫团那些人，说我接到了匿名线报，有人看见一辆车沉入了奥利耶尔湖。这样就能立刻着手打捞了。”

不过竟然是下午两点十二分。那时候卡拉才刚被保护起来，搜查的准备工作也才刚开始。这回的凯夫竟然这么早就放弃了自己的人生。

“他这次怎么这么冲动啊？”

换作平时，话务员不会对不成问句的疑问做出回答。哪怕是明确的疑问句，对方也可能闭口不言。

“那个离家出走的姑娘和凯夫有关吗？”

“她的遗体在房屋后方的杂木林中，我本以为你们会在调查中发现的。”

“因为得知她失踪后不久，天就黑了。”

这次的凯夫杀了一个，放跑了一个，然后就自杀了。没有第三位受害者。

“记录犯罪过程这一点和第二次轮回一样，不过上次用的是静态照，这次用的是视频。至于这算进步还是退步……你怎么看？”

“我是话务员，不是心理分析官。”

“我知道。”

警长再次仰望教堂塔顶。就在这时，流星划过夜空，仿佛刚刚一直在等他的关注。

“‘全剧终’的时间还没定吗？”

亡者遍地的小镇出现新的亡者，然后迎来万物之死。

“董事长刚才已经下了指示，定在了今天上午十一点。”

真没想到。

“那不是托尼办婚礼的时候吗？”

“我们考虑了观众的意愿。”

苦如胆汁的东西涌上了警长的嗓子眼，他的语气不受控制地刻薄起来。

“原来如此。两个跟活人一模一样的人偶发誓相爱一生，还真是挺值得一看的。哪怕要保留一个让两个小姑娘活受罪的世界，可真值得。”

“他们不是人偶，”话务员立刻反驳，“而是‘回归者’，请您别忘了这点。”

警长一秒都不曾忘记过，根本用不着话务员提醒。他本想挂电话，话务员却继续说道：“观众也有观众的苦衷啊，警长。”

这家伙果然还是嫩了点，警长心想。愣头青一个。竟然要教育我？

“新郎新娘是很年轻，但都是‘白卡’。舍得花普通人一辈子都付不起的钱，就为了看他们转世重生，踏上红毯，这是什么样的观众啊？”

“这次的观众是伴娘的父母。伴娘是‘红卡’。”

警长保持着手机贴耳的姿势，眨了眨眼。“红卡”是指犯罪被害者。

“遇害时她才十八岁五个月，她的父母想看女儿穿杏色礼服当伴娘也无可厚非吧？”

警长搜肠刮肚，到底还是老实道了歉。

“对不起，我也没法把所有人的数据都存在脑子里。”

“我知道。”

“真那样倒是挺方便的。我也申请过好几次，但本部不批准。”

“会影响您的人性情感的能力强化，我们无法实施。”

“那我也每次都‘记忆删除’行吗？这你们能做的吧？人格也改了吧。”

“不行。至于为什么，您应该很清楚。”

嗯，我清楚。只是想说而已。

“这次观众入场了吗？”

“没有。”

恐怕是负责照顾观众的心理学家没批准。比如认为这次的观众不够坚强，在看到早已不在人世的爱女欢笑、说话、走来走去、两颊绯红地当伴娘的模样后，恐怕没法继续遵守既定的规则。

警长想：是啊，谁都没有这么坚强。没有人能习惯“死者复活”。

除了“小镇”真正的镇长，莫文董事长。

“那我无论如何都得在明早之前解决凯夫的案子了，这样婚礼才能有个好气氛。”

“相信您会妥善处理。”

“他的遗体不能放教堂，得送去墓地太平间。我没法分身给回收小组指路，麻烦帮忙通报一下。”

这回他不等话务员回复便挂了电话。

在风琴的伴奏下，信众们唱起了赞歌。在黑夜的谷底，驾驶席上的警长侧耳倾听。

——不，不是赞歌。

是歌剧的咏叹调，《失去欧律狄刻[1]》。他听过这曲子。是在哪儿呢？他专心听了一会儿哀悼不幸丧生的娇美爱妻的歌词，然后便想起来了——是被害者的追悼会。

是警长自己引发的事件的被害者们。

手机再次震动，是话务员发来的坐标。

警长伸手拿起无线电。吉克应答后，他快速说道：

“我接到一条可疑线报，说昨天下午有一辆车冲进了奥利耶尔湖。事发地点在北岸的栈桥附近，十有八九是嫌疑人的车。”

调派好人手、投光灯和牵引车后，他说：

“我在圣玛利亚教堂，现在直接去奥利耶尔湖。”

“收到！”

话虽如此，警长却把警车开向了二号公路。他关了巡逻灯，以最快的速度疾驰。

明明这么晚了，红顶房子的二楼却还亮着灯。简本就是个夜猫子，今晚就更睡不着了。不过这姑娘之所以睡不着，绝不是因为害怕在逃的绑架犯，而是因为满脑子明天的婚礼。

警长本想走向大门，却中途改了主意，捡起地上的小石子，扔向亮着灯的窗口。“啪嗒”一声。

窗帘动了动，窗户开了，简探出头来。警长看不清她的表情，但是从那机敏的动作便能推测出，她怀着不切实际的期待。

警长朝她默默招手。

“下来，我跟你聊聊托尼。”

简反应极快，窗边顿时不见了人影。警长几乎能想象出她“咚咚咚”冲下楼的模样。不过她母亲并未现身，不知是睡得正熟，还是已

1. 希腊神话中俄耳甫斯的妻子。

经下定决心今晚不管简了。

大门开了。穿着薄薄吊带衫、搭着迷你裙、踩着凉拖的简冲了过来。

“托尼怎么了？改主意了吧？”

她激动得直喘气，两眼放光，与真人并无二致。直到现在，警长仍会暗暗感叹，这些玩意做得可真精巧。

“嗯，他说他不打算结婚了，想跟你私奔，”警长耸耸肩，摆出一副不耐烦的样子，“事关镇长的面子，我本不想卷进这种事里的。但托尼是个好小伙，他哭着求我帮忙，我哪能拒绝呢。”

“警长，我爱死你了！”

简飞扑过来，警长感觉到了她的身体散发的热气。

“赶紧走吧，托尼在等你呢。”

“他在哪儿呢？”

“奥利耶尔湖附近有他父母的度假小屋。”

“我还得收拾收拾……”

“喂喂，这可是私奔啊，人去就行了。有什么需要的托尼会买的。”

“对哦，也是！”简兴冲冲地坐上了警车的副驾驶席，“那快出发吧！”

岂止是激动，简直是狂躁。警长默默开车，一旁的她说个不停。我就知道！我就知道托尼会在黎明前来接我的！往窗口扔小石子是我们约好的暗号，是托尼告诉你的吗？我们半夜约会的时候都是这样的。

亢奋的声音左耳进右耳出。听着听着，警长心中忽然生出了疑问。如果这姑娘说的不全是谎话呢？如果托尼的确在深夜约她出来，和她约会过一两回呢？哪怕他是“白卡”，是一位模范数学老师，也没人能保证他一定不会输给缠着自己的女学生——管它呢。

“和学生玩火”这种小问题，并不会对托尼下一个轮回的履历产生负面影响。他还会是“白卡”，也许会变成大学学者或是实习律师。

“简，我想问你一个问题。”

穿越黑暗森林的林荫道。车头灯打出的光束。分外催眠的颠动。

“嗯？”

简把后视镜当镜子照，轻抚自己的头发。

“如果托尼今晚没来接你，你是不是打算毁了他的婚礼啊？”

简眼梢一歪，双唇抿成一条缝。

“现在还说这干吗……”

“我是这座小镇的警长，总得问一声吧。”

简装模作样地轻轻一叹，换上笑脸说：“是啊，我才不会眼巴巴看着呢。”

“你还有别的枪？”

“要什么枪啊，有的是办法。”

看着那张洋溢着自信的侧脸，警长也叹了口气。

“哦……”

他打了方向盘，开出林荫道，驶入森林，然后停了车。

“怎么了？”

“从这里走过去更近。”

警长让姑娘下车，自己紧随其后。关车门时，森林的另一头升起了一发照明弹。那是吉克在给自卫团成员报信。

“那是什么？”

“跟你没关系。”

快去吧，警长指着森林深处说。

“那边不是亮着灯吗？小小的，可能看不太清楚，那就是托尼的木屋。”

这是胡扯，但简的眼睛一定能看见。那是她心中的希望之灯，是空虚的误会展现在她眼前的光亮。

不，那是盘踞在姑娘心中的“黑卡”编织的幻觉。不管用什么手段，都要夺走想要的东西。如果夺不走，那就不毁不休。

踩着凉拖的简走得踉踉跄跄。树根、枯枝与落叶绊住了她的脚，让她不住摇晃。两人就这样深入林中。当距离拉开五米左右时，警长停下了。

他抽出枪套中的手枪。拨动击发锤时，与深夜的森林格格不入的金属声传入耳中。

“简。”

姑娘回过头来。

“托尼也真是的，从来没跟我提过他在这种地方有一栋木屋——”

看到对准自己的枪口，她歪头问道：“警长？”

有人发射了第二枚照明弹。它拖着发光的尾巴冉冉升起，炸开。警长算准时机，扣动扳机。

“抱歉。”

简胸口正中开了一个洞，整个人向后飞去。

警长走向她。只见她四仰八叉，双眼未瞑。照明弹的亮光从夜空落下，一瞬间照亮了那张苍白的脸，随即沉入森林的黑暗中。

警长抱起简。把人扛到肩头时，沉重的分量让他不禁闷哼了几声。他绕到警车后，打开后备箱，把人随手扔了进去。

本部的呼叫铃声与关后备箱的响声重叠在一起。警长无视铃声，坐上驾驶席，发动引擎。

“警长，请回答。”

胸前口袋里的手机震了一下，强制接通，话务员的声音在车中回响。

“本部发现一个‘黑卡’的信号中断了，您做了什么？”

“就是你看到的。”警长猛踩油门，车轮掀起一片尘土，“你们也想为观众安排一场美好的婚礼吧？我提前解决掉了麻烦。这也是我的工作。”

穿着杏色礼服的“回归者”，还有注视着她的观众。他不能眼睁睁看着这个花痴姑娘当着他们的面毁了婚礼。

“这是违规行为。”

“去他妈的规定！”说完这句警长哈哈大笑，“有什么关系嘛，反正都是要‘全剧终’的。”

警车朝奥利耶尔湖驶去。片刻后，夜幕中的森林与照亮平静湖面的投光器映入了眼帘。

3

警长站在圣玛利亚教堂双开的大门前，再次检查仪表，随后轻轻推开门。

新郎与新娘面对面站在祭坛前。宾客们坐在长椅上，井然有序。

正如之前跟话务员说的一样，警长确实在黎明前解决了凯威尔·莫文的案子。为了悼念被害者，盛大的婚宴还是延期了，好在婚礼可以如期举行。除了双方亲友，镇上有头有脸的人物与校领导也都出席了。

所有人的注意力都在仪式上，唯独站在正前方的拜登神父察觉到了警长，投来含笑的眼神。警长也摘下帽子放在胸口，点头致意，悄声坐在了最后一排长椅的尽头。

新娘优雅地垂下双目。神父在她和新郎面前举起《圣经》，环视在场的宾客，用柔和却极具穿透力的声音说：“如有反对者请起身开口，否则请永远保持缄默。”

会场鸦雀无声。那是自然，因为简已经不在了。

警长望向伫立在祭坛一角的伴娘。她看起来比新娘更紧张。不过单论容貌，她比起新娘也毫不逊色。杏色礼服很称她。

早该被抹去的光景浮现在警长脑海中。很久以前，他也有过一位妻子。两人结婚时还很年轻，没钱办婚礼。妻子用漂亮的蕾丝白手帕扎起头发，拿着一朵他买来的红玫瑰，两人在市政厅窗口工作人员的见证中立下了结婚的誓言。

直到死亡将我们分开。

他们曾经发誓，要在今后的人生中相随相伴。

哪怕生与死的界线变得模糊，这样的誓言也能永恒不变吗？自“回归者”诞生以来，就连“人生的起点与终点在哪里”都没有了明确答案。到第一次死亡为止？还是到第二次死亡为止？还是说，这个世界上已经不存在“死亡”了呢？

只有在这里，只有在这座“小镇”里，亡者无处不在。

警长胸前的手机响铃了。

上午十一点。

“全剧终”的时刻到了。

所有动作都停止了。正在诵读《圣经》的拜登神父，伸手揭开新娘面纱的新郎，捧着戒指的伴郎伴娘，盛装出席的宾客们，还有演奏风琴的乐师。

警长明明已经经历过许多次了，可每一次他仍然会惊讶。动作的停止意味着声音的消失。换作活人，哪怕不做什么大动作，也会不断地发出声响。因为活人会呼吸。

活人并不会意识到自己在呼吸。无论多少人聚在一起，都不会有人觉得呼吸声刺耳。

然而这种声响一旦消失，世界竟会如此寂静。

警长从长椅起身。就在他伸直膝盖的同时，胸前口袋里的手机震了一下。

“确认‘全剧终’。”警长对话务员说道，“真是分秒不差啊。你们做事可真细致，每次都让我五体投地。”

失去了操控者的人偶婚礼。警长转身，背对这幅画卷般的场景。这片的回收应该会安排在最后吧，好让今天的观众看个够。

突然，刺耳的警铃响彻教堂，警长下意识抬眼望去。警铃并非来自手机，而是“小镇”的运营中心拉响了警报。

“运动体监测系统已启动。发现入侵者，发现入侵者。”

警长掏出手机，望向屏幕。小镇一角的地图自动显示在屏幕上，其中有一个闪烁着的红色光点，位置是治安局。

果然是他啊。

警长重新戴上帽子，冲出教堂。

毕竟熬夜办了一起大案，镇上所有人都累得够呛。换作平时，哪怕是休息日，这个时间段的中央大道上也能看到不少出门采购的人。可今天却人影零星。

警长绕过静立在路上的人，赶往治安局。他早已习惯“全剧终”引发的这些光景。无论谁摆出什么姿势，他都不会在意。

乔连着熬了好几晚，今天总算在家歇着了。加尔达婆婆正在治安局窗口，之所以离开无线电，是因为来了客人。杂货店老板与她隔着柜台面对面，定睛一看，原来他正在填写失物招领登记表。

吉克不见人影。

警长双手叉腰，深呼吸后垂下肩膀。

身后有人说：“不许动！”

举枪的吉克从贴着小镇地图的移动图板后悄然现身。

枪口摇摆不定。应该不单单是手抖，膝盖貌似也在打战。吉克两眼通红，一缕汗水顺着太阳穴滑落。

警长按他说的，没有动，但双手依然叉腰。

“你不是间谍，而是刺客吗？”

吉克不耐烦地眨了眨眼，也许是汗水流进了眼睛。抑或是，眼里噙着泪水。

“吓着了吧？也难怪。‘全剧终’的光景可不是随便就能习惯的，得积累我这么多经验才行。”

警长转身向后，横穿过办公室。

“不许动！不然我开枪了！”

吉克的声音里甚至回荡着几分哀诉。

“把那危险玩意收起来吧。抖成那样，十有八九会炸飞自己的手指。”

再说了，那把自动手枪是我们治安局的装备。最近的人造拟体反对派是不是手头不宽裕啊？

“到这儿来。哎呀，坐下说吧。”

警长走进办公室，坐在自己的椅子上。吉克像被叫去校长办公室的坏孩子一样摇晃着身子，强打起精神，却是走得没精打采。他仍举着枪，慌得腿软，脚动个不停。

“哪派的？”

吉克怒目圆睁，双唇紧抿。

“交出来。”警长指尖一点，催促道。

“交什么？”吉克反问。

“入口处的质量传感器没报警，说明你身上肯定有干扰装置。”

人造拟体的质量约为活人的 1.5 倍。相较于体型，他们的体重偏高。质量传感器可检测对象的身高体重，算出体密度，是鉴别活人与人造拟体的基本仪器。由于价格低廉，这种仪器很早便普及开来，所以人们也研发出了各种专门针对它的干扰装置。

“最新款的话，应该很轻便吧？装哪儿了？”

吉克的表情好似刚看完一场魔术的孩子。

“你发现了？”

警长点头：“早就发现了。”

“他们说就算有装置，也只能骗过传感器而已，让我小心点。”

吉克用拳头擦了擦汗，磕磕巴巴地说。此刻的他不过是个普通孩子，既不像间谍，也不像刺客。

“他们还说，装置不能真让体重增加，让我不要去容易暴露的地方。”

“可你毕竟是警长助手，不能一直躲着啊。”

“是那个地下室吗？地板都烂了，一踩就穿，我当时可小心了。”

警长指着空椅子，示意他坐下。昨天吉克签任命书的时候，坐的就是那把椅子。吉克晃晃悠悠，脚撞到了椅子脚，发出一声巨响，把他自己吓了一跳。汗水从额角滴落。

“本部的人一来，你就会被抓住。你不觉得手无寸铁地落网比较好吗？”

吉克低头望向手中的枪，仿佛刚刚意识到自己拿着那玩意。他把枪放在警长办公桌上，手掌在裤腿上擦了擦。

“我没法交出干扰装置。”

警长扬起一侧的眉毛。

“它跟通信器一起植入了我的内耳。”

“呵，这么先进啦！”警长把手搁在桌上，探出身子，“吉克，你到底几岁？”

“……十九岁。”

还真是个孩子。

“是自愿来这儿的？”

“嗯。”吉克点点头，随即露出央求的眼神，“我是来救你的！”

警长忍俊不禁。“你刚才还拿枪指着我呢。”

“因为你……不知道怎么回事，感觉你很适应这里。”

没错。

“都第九个轮回了，能不适应么。”

吉克惊慌失措，仿佛一个孩子刚听父母坦白说：“你不是我们亲生的。”

“你……真的被彻底洗脑了啊……你可是传说中的斗士啊……”

“都过去了。”

都发生在遥远的往昔。所以我累了，我老了。警长心想。

“谁带你入伙的？”

“我爸。”

追随父辈的脚步走上了这条路啊。

“你爸是被拟体劳工抢了饭碗的那类？”

吉克默默点头。

“难为他了。”

“书上说你也是。”

“对哦，听说‘大本营’的地下出版社给我出了本传记呢，我还挺想看的，但本部不批准。早知道你要来，就让你偷偷带一本了。”

“潜入‘小镇’可不是闹着玩的。”

“也是。你是经历了千辛万苦，通过了本部的重重审查才来到这里的。”

吉克的表情恢复了几分强悍。

“没错，我唬住了莫文公司那群人。”

警长指着他的脸说："正式的公司名是'莫文 & 泷泽公司'。唐恩·莫文董事长非常尊敬他的合伙人泷泽，至今对他的功绩怀有敬意。你要是想当反抗势力，就得充分了解你的敌人。"

吉克不语，却噘着嘴，很是不爽。

"我是跟你爷爷辈的人一起参加的反抗活动。"

世界变了，警长说。

"现如今，人造拟体已经不是什么稀罕玩意了。在'大本营'，人造拟体的使用范围的确有限，但在海底矿山、行星开垦上，它们可是不可或缺的。你应该也是很清楚的，怎么会被那种过时的反抗组织意识形态影响呢？"

吉克的眼底亮起光芒，那是愤怒的火光。

"世界属于人类！不属于人造拟体！"

"没错啊，现在统治世界的不还是人吗？"

"你敢说那群被人造拟体抢了饭碗，只靠粮票过活的家伙统治着世界吗？世界明明已经被人造拟体夺走了啊！"

警长往椅背一靠。椅子承受着他的体重，发出高亢的嘎吱声。

"基于转基因和克隆技术的人造人的确有伦理问题，对人类社会产生的负面影响也比较大。"

然而，唐恩·莫文与他的盟友泷泽博士研发的人造拟体，虽然具有像人一样可以完成各类动作的机动性与细腻性，但一般外表与人相差甚远。泷泽博士之所以并未直接称其为"机器人"，正是因为支持人造拟体的技术可部分应用于治疗人类疾病、克服机体障碍。

"而且数量最多的通用拟体连学习能力都没有，只会按程序动作。它们跟人不一样，是人在驱使它们。如果你爸爸不能在这样一个社会找到容身之地，那就不是人造拟体的错，问题在于他自己。"

"你……"吉克两眼泛着泪光，鼻翼开始发抖，"你真被洗脑了！"

警长笑了。“溜进这里的反对派分子都是这么说的。你也一样。这太让我失望了。”

泷泽博士已经去世了，但唐恩·莫文并未忘记和盟友的约定：人造拟体是辅助人的，决不能让它们超越人。

“但这里的人造拟体不一样！”吉克攥紧拳头，唾沫横飞，“‘小镇’不一样！这里的人造拟体假扮成人，玩起了过家家！”

“所以你想破坏这里？”

“对！再这么下去，莫文公司肯定会在‘大本营’做同样的事，因为这种生意能赚好多钱，唐恩·莫文眼里只有钱！”

警长的手机震了。话务员知道他当前的处境，所以没打电话，而是发来了信息。

观众回去了。回收小组立刻出动。

警长收起手机，望向吉克：“你知道的是第几个？”

吉克一脸茫然地眨了眨眼。

“轨道上的小行星——不对，是小行星碎片吧。最新的是几号？”

吉克脸上仍带着讶异，他轻声回答：“VI……”

都第六个了啊，警长吃了一惊。“我只知道 III 之前的，都翻倍了啊。”

这也能侧面证明，人类持续消耗了多少金属和贵金属。

“这类开采权一半都握在莫文董事长手里。拉几个过来都一样，因为他有牵引技术专利。”

“换句话说，那位老人已经是非同一般的富翁了。”警长说。

“他根本不需要把这儿的业务移到‘大本营’去赚钱。虽然他靠换器官活了很久，但终究不是长生不老，总有一天要死的。到时候，

‘小镇’也会关闭。”

警长心想，到时候，我也就成了无用的废物。

“反正唐恩·莫文肯定会变成‘回归者’啊！”

吉克钻牛角尖了。

“本部已经明确表态了，他没有这个打算。我信。”

“为什么？”

“因为连莫文董事长都造不出完美的‘回归者’。通过这里的反复试验，他肯定深有体会。”

吉克咬着嘴唇，沉默不语。

“再说了，禁止将‘回归者’实用化、商品化的国际法，正是那位老人带头推动的。”

“那肯定是做戏啊！”

“你愿意这么想就随你吧。”

“小镇”湿热的夏风拂过治安局窗外。

“那你告诉我，这地方是为什么存在的？”

吉克的表情还在钻牛角尖，声音却没了方才的气势。

“‘小镇’为什么存在？八百二十二具‘回归者’是为什么聚到这里的？”

警长回答：“为了那位老人的执念。”

“回归者”是复活的亡者。

与已死的某人一模一样的人造拟体，搭载移植了亡者人格模块的人工智能，这就是“回归者”。所以在旁人眼里，就像是死人复活，重回了这个世界一样。

“可是，人格模块这东西本就难搞得很，因为你不可能百分百重组一个有血有肉的人的性格、个性和行为特性。至少靠现在的技术不可能。”

一个完整的人格好似参天大树。树干与粗枝的确可以重组，较细的枝条也能想法再现，然而在最末端的叶片，最细小的嫩芽上，总会有漏掉的细节。

“人工智能本身的性能也远不及人脑。”

警长微微一笑，望向吉克。

“想知道我怎么看出你是活人的吗？”

吉克目露一丝怯意，点点头。

“因为我帽子上有机关。”

吉克下意识后缩，警长伸手碰了碰帽檐，破颜一笑。

“逗你玩呢。我的确是在那个地下室看出来的。”

“因为体重太轻吧？”

“不是。你在地下室里不是碰过器材，想把录像放出来吗？”

就是绑架犯给卡拉拍的录像。

“我说‘先别开’，你马上就停手了，而且露出做了错事、后悔轻率了的表情。于是我意识到：‘啊，这家伙是活人。’”

吉克瞠目结舌：“这怎么说？”

“人工智能是不会推测的。不，比起‘推测’，‘斟酌’可能更合适些。”

也许更贴切的说法是“同情”。

“我阻止了你，你理解了我的意图。因为你意识到，如果当场放那段录像，自卫团成员们也会看到，就会伤害到卡拉了，对吧？”

“嗯……是啊。”

“人工智能没法这样思考。只听到一句‘别开’，不能推测出这种理由。所以，如果你是人造拟体，你在我制止你的时候应该会问：‘为什么？’”

就是这么回事，警长轻轻摊手。

“唐恩·莫文也很清楚，‘回归者’不是人。它们跟亡者长得一样，行为也很像，但终究不是原来那个人，充其量不过是复制品罢了。”

“那为什么……”

吉克急着发问，话到一半却退缩了。一定是他已经察觉到，自己将要出口的不是谴责，而更多了几分纯粹的疑问。

“唐恩·莫文在这搞什么啊？竟然弄了足足八百二十二具‘回归者’，建了一座小镇，再现亡者生前的生活……”

警长摇了摇头。“莫文董事长再现的不是八百二十二个人的人生，而是一个人的人生。”

凯威尔·莫文。就是唐恩·莫文的儿子。

“莫文董事长有五个孩子，三男两女。其中四个都长成了体面的人物，有当公司高管的，有当艺术家的，婚姻也都很幸福。”

只有幺子凯夫例外。

“凯夫十九岁那年染上了毒瘾，被大学开除了。在治疗机构住了半年后，一个人搬进了父母给他买的乡下小屋静养。”

在那之后的二十一个月里，他绑架、监禁、性虐待并杀害了十二名女性，遗体就埋在了后院。

“被害者遍布全国。净吃窝边草很容易引起警方注意，可见他是动过脑筋的。”

直到某天，埋在后院的一具尸体被野狗偶然刨了出来，这才牵出了一串大案。

吉克咽了口唾沫。“他被抓起来没有？”

“最后，他和警队爆发了枪战，被当场击毙了。”

“竟然有过这种事，我都不知道。”

“毕竟是陈年旧案了，而且还是确凿的家族污点，虽说没有刻意隐瞒，但……你这代人没听说过也很正常。”

事发时，莫文 & 泷泽公司刚刚发布第二代人造拟体研发成功的消息。第一代产品没能突破“昂贵玩物”的范畴，第二代却实现了质的飞跃，朝着实用化迈出了坚实的一步。照理说，唐恩·莫文本该随着这一研究成果的登场迎来人生中最春风得意的时刻。

“为什么凯夫变成了如此可怕的罪犯？”

警官的每一个字，吉克都听得格外专注。

“其他子女都成了体面的好市民，是正经人。为什么只有凯夫走歪了，成了怪物？”

为了解开这个谜，唐恩·莫文创造了“回归者”，创造了“小镇”。

“莫文董事长让凯夫的‘回归者’住在‘小镇’里，重复他的人生。”

他在寻找。他想看清凯夫是在哪里走上了歪路。当时发生了什么，出现了怎样的要素，有谁在凯夫身边。需要改变什么，纠正什么，凯夫才不会沦为杀人犯。

“只有凯夫自己，社会是无法运行起来的。小镇需要更多居民，于是便有了其他‘回归者’。”

国际法禁止制造“回归者”，唯有“用作非长期研究材料”可以破例。即便是这种情况下，能成为“回归者”的也仅限于“身故前本人与二等亲以内亲属同意”的个人，且只能是为了推动科技发展捐献遗体，不得有金钱往来。

“‘小镇’里必须有各种各样的人住，就像凯夫当年在现实中生活过的小镇一样。”

人种、年龄、性别自不用说，连从表面到隐秘的内在都是形形色色。方便起见，本部将它们大致分为“黑卡”“白卡”“红卡”等类。

真是简单粗暴。竟然无视每个人不同的气质，单凭犯罪史、兴趣爱好、怎么死的，这几点分门别类。因为本部也清楚它们不是人，才能满不在乎地打上这样的标签。这种做法本质上与曾经的种族主义者有着共通之处，就连“用颜色命名类别”这点都如出一辙。

“凯夫的‘回归者’以‘被大学开除、离开戒毒所’为起点。”

他的基本人格模块固定在那个时间点。

“在第一次轮回中，周围环境也设定成了与现实极为相似的模样。从第二次后，本部就开始时而让凯夫做某种工作，时而给他安排女朋友，时而改变小镇的模样，不断微调。”

吉克眯起眼睛。“你说的‘轮回’是什么意思？”

“就是凯夫重来的人生。”

他戒了毒瘾，在父母庇护下来到平静的乡下小镇开始新生活，再到新生活戛然而止。这一系列的过程被称为“轮回”。

“新生活——戛然而止？”

听到吉克的呢喃，警长点头说道：“之前的九次轮回都因为凯夫实施性犯罪或杀人行凶而中止了，这次也不例外。”

“小镇”居民当然与现实中案发小镇的居民有所不同。可即便如此，凯夫的“回归者”每次都会重蹈覆辙，铸下大错。然后，“轮回”就此结束。

“那就是‘全剧终’。”

“全剧终”后，凯夫本人和其他“回归者”都会被“记忆删除”，只留下基本的人格模块，等待本部分配新的名字、工作与立场。“小镇”设定也会做些调整，然后就开启新的轮回。当然，在那之前还要进行细致入微的复盘，但每次复盘都无法揭示凯夫朝犯罪倾斜的明确开端与原因，无一例外。

毫无意义。无用的反复。警长见证着这一切。

因为他无法彻底放弃希望。

“也许是天生的性情，”吉克低声道，“也许那个叫凯夫的男人是天生的恶魔。”

“莫文董事长不止他一个孩子啊，”警长说道，“所以那位老人是坚定的环境决定论[1]者。”

凯夫之所以误入歧途，肯定是某种外部因素在他第一次行凶前对他产生了影响。如果能揪出这项外因，并将其排除，凯夫就不会变成杀人犯，也不会变成性虐狂。他会和哥哥姐姐一样，长成人见人爱、体面正派的男士……

其实在本部专聘的犯罪心理学家和儿童心理学家中，也有一部分人强烈反对这一观点。错不在环境决定论本身，而在于“将凯威尔·莫文的基本人格模块固定在十九岁”。有人认为，至少应该把起点设定在他染上毒瘾前一年以上。甚至有人提出，轮回必须从凯夫三岁的时候开始，否则就没有意义。

然而，莫文董事长充耳不闻。他对“凯夫从小就有行为障碍”这类分析嗤之以鼻，认为那不过是马后炮的偏见。他坚称凯夫的问题在于离开家人，住进大学宿舍，因过度孤独受狐朋狗友的蛊惑（或欺骗）开始吸毒后的经历，与上大学前的生活没有关系。即便如此，两股意见还是妥协出了一套不上不下的折中方案，即在其他“小镇”创造十岁凯夫的“回归者”，尝试观察他少年时期的行为特性，然而没有有价值的收获。这反而增强了莫文董事长的固执。

“都是执念啊。”

是缠着唐恩·莫文的妄念。

“创造这座小镇，维持它的运行，就只为了这个？”

“就只为了这个……吧。”

警长望向窗外。

“稀世杀人犯的父亲用尽各种办法，想为爱子寻找另一种人生。

1. 19 世纪下半叶到 20 世纪初，西方学界在儿童心理发展方面的主要观点之一。该观点重视教育和环境对儿童心理发展的作用，但也存在片面、绝对、机械化的局限。

其实是想让儿子选择另一种人生吧。”

的确只有非比寻常的大富翁才有能力这么做。然而，这不只是钱的问题。

“唐恩·莫文想亲眼看到凯夫选择另一种人生的瞬间。这种愿望，用‘只为了这个’来形容真的好吗？”

“可是……”吉克又噘起嘴，像个一身反骨的小混混，“那他找观众干吗？”

“类似于搞慈善吧。”

唐恩·莫文也有社交圈，也会屈服于别人的意愿。

“有人想见见死去孩子或是挚爱伴侣的‘回归者’，如果可能还想握住手说两句话，互相看两眼。就是帮他们实现这种愿望的服务。”

“可不是收钱了吗！”

“只有成本费。”警长指着办公室地板说，“坐穿梭艇来这儿总归是要钱的，而且路上虽然时间不长，但还是要经历短暂失重，所以还得接受训练。你不也受过训吗？”

要想见到“回归者”，必须先参与一系列缜密的模拟实验，还得通过心理测试。这个过程费时费力，却马虎不得。如果接触“回归者”对活人造成了心理创伤，人造拟体制造管制法的监管部门不会坐视不管。届时任唐恩·莫文权势滔天，“小镇”这一特例恐怕也是难保。

吉克的“可是”总算见了底。他抱起胳膊，仿佛是在保护自己。

“为什么凯夫总是走上同一条路呢？”

“你玩过扑克吗？”

“啊？”

“五张牌凑成牌型比大小，规则很简单的玩法。知道吗？”

“嗯……”

"有时候不是会起手就成型吗？经常是摸上来就是一对，有时候能凑出三条、两对，有时候则是离顺子、同花就差一张。"

警长说，凯夫就属于这种情况。

"有犯罪史的'回归者''黑卡'也是一样。起手牌已经凑出了牌型，或是只要换掉一张就是一手大牌，他们就是这样诞生的。"

如果成长环境合适，运气也不错，他们也许能拿着一手小牌过一辈子，或者一直处于差一张凑不齐顺子或同花的状态。于是，他们就成了寻常市民，能走过平静幸福的一生。

但也有人摸到了关键的牌，凑成了牌型，而且还是恶魔喜闻乐见的大牌。就好比每一次轮回中都忍不住对弱势女员工下手的第一供水塔班长，以及有严重被爱妄想症、为实现妄想不惜夺人性命的筒。

"怎么可以这么想！太不讲理了！"

听到吉克的抗议，警长点了点头。"是啊，我也有同感。可还能怎么想？"

警长一直待在这里，看着"小镇"，看着凯威尔·莫文周而复始的人生。

"你怎么可以这么平静？"吉克目不转睛地盯着警长，"是那个吧，叫什么来着，禅境？"

"什么？"

"禅啊，禅宗的禅。"

吉克满脸通红，仿佛不小心说了什么下流话。

"不是吗？毕竟你是东方人……"

警长不禁笑了。"我只是有东方血统而已。禅？没听说过。"

真的吗？会不会只是现在的大脑中没有留下这方面的记忆呢？

警长是有血有肉的活人，身体大半是天然的。只是每次查出棘手的病，他都会更换器官或器官部件。"小镇"环境对活人的身体并不友好，因为宇宙射线太强了。要想在这里活到普通人的寿命，换器官在所难免。

然而有人认为，人造拟体的人格模块之所以不能完美，或许是因为主宰性情与特质的不仅是大脑，从躯干反馈来的电信号也对个体的人格发展有推进作用。要是这样，随着身体部分替换成无机质的产品，警长作为“人”的统一性可能也就不太可靠了。

关于妻子的回忆是真的吗？会不会是把看过的无数“回归者”的数据和自身的回忆混在一起了？

警长脑中时常浮现这样一段画面：白雪皑皑、气势宏伟的山峰勾勒出婀娜的曲线，一如站在圣玛利亚教堂祭坛前的新娘戴的头纱。这是哪个国家？是我的祖国吗？

说不定唐恩·莫文身上也发生了同样的变化。那位老人已经不是幺子被警队击毙时的那个人了，此刻的他介于人与“人的复制品”之间，不上不下。

即便如此，他仍被“想看一眼不犯罪的凯夫”这个念头驱动着。

“吉克，你知道吗？”

听到警长喊出自己的名字，吉克莫名吃了一惊。

“我不是‘回归者’，但也不是正经人。‘小镇’是我的监狱，我是在这里服刑。”

“……我知道啊，你跟莫文公司做了交易对吧？”

“对，但不是因为我怕死刑。”

“因为我后悔了。”警长说。

“我曾是一个人类原教旨主义运动组织的成员。比起把你送来的反对派，他们的思想要激进得多。”

在反人造拟体思想的驱使下，组织瞄准了成功研发出第二代人造拟体的莫文 & 泷泽公司，对公司旗下的研究所实施了恐怖袭击。

有三十二人在袭击中丧生。除了研究人员和莫文 & 泷泽公司的员工，还有碰巧来参观学习的十名青少年。

“起初我觉得冗长的审判是无意义的。我愿意为信念殉死，只盼着法院赶紧判我死刑。”

但前来探视的律师给他看了一段被害者追悼会的录像，就此改变了他的想法。

“我害死的那些人的亲朋好友点燃蜡烛，手拉着手哭了，然后唱起了歌。”

他就是在那个时候听到了《失去欧律狄刻》。

“我明白自己错了。我所做的，就是打着反人造拟体的旗号滥杀无辜。直到现在，我还是很讨厌人造拟体。但我连拟体都不是，也不是人。”

只是个人渣而已。

“所以我接受了莫文 & 泷泽公司……准确地说，是唐恩・莫文个人的提议。”

讽刺的是，对方是看中了他策划并成功实施恐怖袭击的缜密头脑与强韧精神力，才向他伸出了橄榄枝：要不要来我的“小镇”做警长?

“唐恩・莫文表示，他想重复凯夫的人生，找出儿子不犯罪的那条人生路。我也想见证那一刻。”

如果唐恩・莫文成功了，如果凯夫・莫文成功了。

“那就意味着，我本来也有机会选择不当人渣的人生。”

事到如今，即便搞清了这个问题也不能怎么样。就跟本部能创造“回归者”，却不能让死去的人复活一样。人终究无法让时光倒流。

“如果我当初有过机会，却眼睁睁错过了，那我现在就可以自觉、主动地接受惩罚了。不是像自杀式袭击那样接受死刑，而是为赎罪接受死刑。”

吉克脸上的汗水早已褪尽，此时的他看上去甚至有点冷。

“你会被抓住的。这里有治外法权，不用审判就能处决你。”说着，警长站起身来，“听我一句劝，跟他们交易吧。就说你看到这里的情况以后改了主意，想跟我一样。”

然后，回到这里——

“等我死了，你就来送我一程。然后接我的班，守护这个地方。”

这也是缘分啊，警长笑了。

“这就是东方人的思维。”

替我守着这里吧。直到“小镇”打破无限循环，迎来真正的终结。

终结的时刻。唐恩·莫文的执念开花结果的时刻。也是淡然而动人的希望被点亮的时刻——人类也许能像当初彻底消灭天花病毒一样，将犯罪也逐出人间。

“其实啊，冬天的‘小镇’才是最美的。”

警长撂下吉克，踩着沉重的脚步走出门外。西方天空的一角出现了扭曲。只有那一块不见了蓝天白云，却有美丽的七色光芒晕染开来。那不是彩虹，看起来像是负责照明的工作人员在晴天的场景打错了灯。

警长抬头望天。映入眼帘的也并非真实的蓝天，不过是将“小镇”整个包裹起来的穹顶而已。穿过供水塔矗立的森林，经过那座湖，再往前走一段，甚至可以走到隔绝穹顶与外界的墙。

换作平时，他可以把这些忘得一干二净。可仅仅是因为空中出现了不自然的光亮，残存在警长体内的活人部分——曾经接触过真的自然，在自然中生活过的记忆，便不由分说地大吵起来，嚷嚷着：“那都是假的！”“这里不过是莫文董事长的豪华沙盘！”毕竟，进出的大门被安在了那个地方啊。

“小镇”的大门开了，回收小组即将入场。

警长抬起双手小心地戴上帽子，迈开脚步。去圣玛利亚教堂吧。等静止的“回归者”们都被搬走，去弹弹风琴吧，弹得磕磕巴巴也无妨。然后再唱首赞美诗吧。

这里虽没有上帝，但可以祈祷。

母亲法

咲子妈妈去世的时候，我没有哭。三个月前，主治医师告诉我们，继续治疗已经没有意义了，只会徒增妈妈的痛苦。宪一爸爸听完之后，决定停用细胞大菌素。我与一美当时便哭了一整晚，做好了思想准备。

妈妈在临终关怀医院“Cosmos”度过了人生的最后八十多天。医院的外观是昭和复古风格的西式砖房，内部却配备了各种新式设备，工作人员也都很优秀。直到最后一刻，妈妈应该都过得很舒心。每个单间都能看到花园的景色，当季的花朵争奇斗艳，每天早晚还有形形色色的野鸟飞到栽花的水盘里洗澡。运气好的时候，甚至能看见讨人喜欢的野松鼠。

妈妈那层楼的主任参加了守灵会。聊起故人时，主任告诉我们，院名“Cosmos”指的不是“大波斯菊”，而是取“宇宙”之意。因为那里是将赴黄泉的病人和陪伴他们的亲友形成的小宇宙。

“咲子女士是一颗特别美丽的彗星，穿过了我们所在的宇宙。”

我也有同感。咲子妈妈真的很美。人美，心更美。

成为咲子妈妈的女儿时，我才四岁七个月，妈妈三十四岁。那是她跟宪一爸爸结为夫妇的第十个年头，那时家中已经有了九岁十个月的翔和五岁半的一美。爸爸妈妈取得了一级养父母资格，连新生儿都能领养，却偏偏接回了在匹配名单上排名靠后的我。

“一看到你的脸，一听到你的声音，我就考虑不了别的孩子啦。”

据宪一爸爸说，收养翔和一美的时候，妈妈也是这样“一见钟情”的。

“妈妈的眼光可准了，所以爸爸也很放心让她拿主意。是不是很明智呀？”

爸爸说的没错。在我加入后的十二年里，我们家一直过得和和美美。所以当我知道自己无能为力，只能眼睁睁看着这个家因为失去咲子妈妈被拆散，悲哀便涌上了心头。

若养父母因离婚或一方过世恢复单身，未成年养子女必须送回“少儿之家”，这是《被虐待儿童保护抚育特别措施法》（俗称“母亲法”）的基本规定。听说在我出生前二十多年，也就是这部法律刚出台的时候，即便领养家庭因离婚或一方亡故双亲不全，只要当事人愿意，并得到养母系统管理运营委员会的批准，家庭还是能维持原样。然而数起丑闻的发生，使得委员会再也不愿“法外开恩”了。

咲子妈妈生前十分看不惯委员会的死板，愤愤不平地表示，促使委员会决心拆散单亲领养家庭的那些事件里，明明有很多冤案与谣言。

“养父母都通过了那么严格的心理测试，接受了那么长时间的教育，怎么可能因为失去伴侣就突然开始性虐待养子呢！”

政府和委员会理应给养父母和自己构建的机制多一点信任啊！——还记得妈妈一反常态，对宪一爸爸发表了一番演讲。那时夜深人静，两人喝着葡萄酒，说不定妈妈有点醉了。

听完妈妈的义愤（或者说公愤？）之词，宪一爸爸面露苦笑。

“我也觉得你没错，但社会上有很多人不这么想。也许委员会之所以贯彻单亲领养家庭必须拆散的原则，不单单是为了预防虐待，也是为了保护我们这些养父母不被世人根深蒂固的偏见伤害吧。”

爸爸和妈妈是一对很酷的夫妻。他们端着酒杯，相对而坐，静美如画。我因为偷偷熬夜碰巧窥到了这一幕，只觉得既自豪又骄傲。

四年后，妈妈的病复发了。缠着妈妈的恶性肿瘤，在她年轻时夺走了她的子宫还不够，这时又阴魂不散地抬起了邪恶的头。它终于打败了妈妈，准备拆散我们这个家。

“母亲法”是一项奇迹般的制度，可以救助这个国度的每一个被虐待儿童。细胞大菌素也是一种奇迹般的分子靶向药，据说对所有已知发生机制的恶性肿瘤都有效。然而，两者都有局限性。

我由衷希望，这种局限性是暂时的。

妈妈的后事办妥了。在一个月的缓冲期结束之前，一美跟我就收拾好行李，搬去了本地的少儿之家。按照宪一爸爸和我们姐妹的意愿，我们将继续使用他的姓氏，社会户籍则迁回养母委员会。

一美今年十七岁。我叫二叶，十六岁。虽然我们是只差一岁的姐妹，但在养母委员会给没有领养家庭的养子提供的住处“少儿之家”，十三岁以上就是一人一间了。这座少儿之家是周边几座城市联合运营的，收容的儿童比较多（入住少儿之家的青少年无论几岁，只要还没找到工作自食其力，就一律算作“儿童”，这还挺让人不爽的）。房子由古旧的公租房改建而成，方便又安全，美中不足的是天花板太低。内部装潢和家具摆设再时髦，被低矮的天花板一压，空气中便多了一抹陈旧。

翔是家中长子，已经成年了，住在离家很远的大学宿舍。他浪费了宝贵的休息天来到我们的新住处，帮我们收拾整理。

“其实也没什么行李啦……”

“可我还是不放心嘛。”

哥哥长得像妈妈，两个妹妹长得像爸爸——周围人还不知道我们是母亲法巨伞下的领养家庭时，经常这么说。但长大成人的翔其实更像宪一爸爸。不是长相，而是举手投足、不经意的小习惯和用词遣句，简直一模一样。

一美跟我既不像爸爸又不像妈妈也不像翔，姐妹之间也不相像。

但大家都说，我们看着就像父女，像母子，像兄妹，像姐妹。像的也不是容貌，而是气质和举止。

互相迁就，互相帮助，互相体贴。这样的生活，会让人与人变得相似。备受呵护的孩子会从用心浇灌的父母身上吸收各种各样的东西，越来越像父母便是自然而然的结果。所以“像不像”和“父母与子女之间存不存在血缘”的相关性并不高——不，应该说是几乎无关。

翔露出略带落寞的眼神，说：“我们永远都是兄妹。”

我回答：“这还用说嘛。”

一美和我已经商量好了，等以后找到了工作，就一起租房，跟翔、宪一爸爸继续来往。在有能力养活自己之前，只要留在少儿之家，生活就有保障，学费由国家承担，平时也能领到所谓的零花钱。不过，一美刚上高中就开始打工了，我也有同样的打算。只是汇报打工地点和内容并征求许可的对象，从养父母变成了少儿之家的负责人罢了。

“翔，我还想问你呢，”一美收拾着从古董店一点点淘来的老唱片和 CD，背对着我们道，“你跟那个女朋友处得怎么样啦？”

话音刚落，翔的双眸便蒙上了阴霾。我装作没看见，捧着衣服站起身。

翔答道：“分了。”

一美“哦”了一声。因为角度的关系，翔是看不到的，但我看到了。一美微微一笑，但那抹笑容只停留了片刻。

在我们为咲子妈妈办手续，准备送她去“Cosmos”的时候，翔征求过爸爸的意见，说想带女朋友来探病，顺便介绍给大家。爸爸也很起劲，心想妈妈肯定会很开心。然而这位女朋友到头来还是没露面。

当时他们交往了半年左右，翔还没透露过我们家是母亲法体系下的领养家庭。毕竟刚在一起没多久，我觉得这也没什么不正常的，一上来就滔滔不绝地说自己家的情况反而奇怪。

但人家好像不是这么想的。翔想趁妈妈还有精神的时候介绍女朋友给她认识，于是就照实交代了我们家的情况。谁知女朋友一听就火了，气得大吼："你怎么可以骗我！"还把父母叫来撑腰，闹得鸡飞狗跳。我们这才知道，对方的父母一直在参加反对母亲法的活动。我都快气死了，上当受骗的明明是翔好不好？

"对不起啊，给你们添堵了。"

"没事啦！"

我回了一句，一美却没吭声。她专心摆好唱片和CD，回头莞尔一笑："我饿了，去吃午饭吧？"

吃过午饭，我们一起去买了点东西（翔用零花钱给我们买了T恤），再送翔去车站。我与一美走路回少儿之家，路边是一身新绿的行道树。这时，她仿佛想继续刚才的话题，开口道："……他们说我贱。"

我吃了一惊，停下脚。一美也站住了，转向我接着道："翔的前女友和她妈妈找到我打工的地方来了。"

"什么时候的事啊！没告诉爸爸吗？"

一美耸耸肩，一副无所谓的样子。

"没关系，反正当场把人轰走了。多亏有店长帮我说话。"

一美放学后会去咖啡厅打工，每周去个几天。那家店开在书店里，特别适合她这种喜欢看书的人。店长人很好，是两个孩子的妈，我也见过。

"他们凭什么说你啊！"

"就凭我来了初潮还跟没血缘关系的爸爸和翔住在同一屋檐下，"

说到这儿一美笑了，“两个人杀气腾腾地闯进来，大喊大叫，还‘初潮’呢……要我说啊，那样才叫没教养。”

据说一美当时都吓傻了。关键时刻，店长挺身而出，不卑不亢地反驳道：“因为一个孩子出身母亲法体系的领养家庭，就对她如此轻慢，只能说明自己戴着有色眼镜，满脑子污秽思想。”

“店长面上彬彬有礼，心里鄙视到底，不要太帅哦。”

“真想亲眼看看啊，我也想狠狠说他们两句。”

真想看看翔的前女友和她妈听完这番义正词严的反击后是什么表情。

但一美摇了摇头。

“还好你不在场，毕竟我听了都很崩溃啊。而且，她们怎么知道我在哪里打工呢？总不可能是翔说的吧。”

还真是。社会上存在一股反对母亲法的顽强势力，而且部分反对组织行为过激，所以我们这种领养家庭平时都很注意保护个人隐私，在人际交往方面也很慎重，无论线上线下。

“然后呢？他们又找过你麻烦没有？”

“没，不过店长建议我暂时去后厨避一避。所以我做热三明治的手艺长进了不少，回头做给你吃呀。”

少儿之家有食堂，三餐基本全包，不过想自己做饭也行，只要申请就可以。我们正在跟负责人商量，希望周末可以自己下厨。

“不好意思呀，跟你说这些乱七八糟的。回去吧。”

一美重拾笑容，轻轻撩开挂在肩头的乌黑长发，迈开步子。

一美长得很漂亮。宪一爸爸常说：“用古人说的‘明眸皓齿’来形容我们一美真是再合适不过了。”他还说咲子妈妈是妩媚型美人，而一美是清丽型美人。

我这个“养妹”却跟清丽二字毫不沾边。哪怕梳头梳到手酸，我的头发也不会像她那样闪闪发光，亮得跟镜子似的，所以我一直留短发。不可思议的是，我们明明天差地别，在周围人眼里却是真真正正的姐妹，这正是母亲法的魔力。它是21世纪的魔法，而且有科学与医学背书。

按母亲法组建领养家庭时，委员会会格外关注养父母与养子女在容貌层面的平衡。养子女和养父母最好存在若干相似的特征，除非养父母明确要求“养子完全不像自己”（真有这种情况）。不过委员会重视的并非五官，而是骨架与肌肉的分布，以及头盖骨和下颚的形状。

早在国会批准母亲法的时候，用于匹配领养家庭的人类基因解析技术就已经实现了长足进步。与此同时，骨相学这门尘封在历史中的“伪科学”，与3D建模结合而成了新骨相学，也走入了人们的视野。这也是多亏了在母亲法大框架下开展领养家庭组建过程模拟实验的儿童心理学、教育心理学、认知心理学团队的研究成果。

如果两个人的头盖骨与下颚骨形状相似，发出的声音就会相近。即便外貌并不相像，他们也会给旁人留下“像”的印象。另外，人在判断是否“相像”的时候，其实更关注全身骨架，也就是所谓的“体格”，而非五官容貌。所以，哪怕顶着一模一样的脸孔，只要体格与声音不像，就不容易产生“像”的感觉。

还有一点也很关键：当一个人感觉某人“和自己像”的时候，这种感觉深处其实暗藏着两种相互矛盾的心理。一种是因“像”而“亲切”，另一种是因“像”而“戒备”。

人是一种社会性动物。“因像而亲切”的根本原因，在于感觉到“是我族类”是判断“归属同一社会”的重要标准。“因像而戒备”则更进一步，背后的心态是“如果同一社会中存在与自己相似的个体，则对方可能分走本属于自己的社会利益与社会分工”。如果社会逐渐壮大，能使更多个体获益，为更多个体分配角色，这种冲突就会有所缓和，并使相似个体习惯合作，推动社会进一步发展。

成长期的孩子最好跟随声音、体格与自己的监护人相似的教育者学习（哪怕相似的只有一小部分），这样不容易产生压力，能以更稳定的心理状态高效学习。然而，如果一名教育者负责的孩子有45%以上拥有相似的容貌、体格与声音，紧张感就会在孩子之间蔓延，因为相似的孩子们会下意识地“为自己”争夺利益与角色。

根据母亲法组建领养家庭时，有关部门也会充分考虑这一心理机制。养父母与养子女最好在五官等表面特征以外的部分“相似”，而同家庭的多名养子女之间则以“不太相似”为佳。如此搭配而成的养兄弟姐妹，将会在共同生活的过程中培养出“生来相似”的感觉。

我们家几乎是这一理想家庭的完美代言。在母亲法魔力的庇护下，我们本是一个幸福美满的五口之家，只是因为咲子妈妈的离去而分崩离析，宛若湮灭的流星。

搬回少儿之家半个月后，我还没找到合适的兼职，就被负责人叫了过去，说是想商量一下跟地区委员会面谈的事。

“你妈妈才刚走，真是难为你了。”

负责一美和我的女职员有些年纪了，几乎能当我们的奶奶。她总是温文尔雅，柔声细语。

“没关系，妈妈的骨灰已经安放好了，一美跟我也考虑好今后要怎么办了。”

对于受母亲法保护的养子而言，十六岁是一个关键的时间点。十六岁前，养子只能单方面接受保护，当事人的意愿最多用作参考。但是年满十六周岁后，养子就有了投票权。养母委员会的委员有一票，观察员（儿童心理学家）有一票，委员会的监管人有一票，养子本人手中也有一票。

面谈室小巧精致，待着很舒服。我与负责人相向而坐，中间夹着食堂拿来的花草茶。负责人面前摆着养母委员会的定制平板电脑和崭新的纸质文件，关于领养家庭、养父母和养子女的所有信息都存在委员会的数据库里，纸质文件只有在个人面谈时才会拿来用。它们看起来不像上个世纪的遗物，更像感伤的小道具。

“你们有什么打算呀？”

“不需要再帮我安排领养家庭了，”我答道，“一美应该也是这个意思，直接住在少儿之家备考，考上大学就继续学业。”

负责人只是轻轻点头。回到少儿之家后，我们享受的是独立个体的待遇，所以个人隐私会得到严格保密。也许这位负责人已经跟一美聊过了，但她不会对我透露一美是怎么想的，或者对她说了什么。反过来也是一样。这些我再清楚不过了，却还是下意识地在讲述自己的决定时搬出一美，可见我是个依赖心很重的妹妹吧。

“我也是这么打算的，只是比她多住一年少年之家而已……当然，前提是一次考上，不要复读。”

负责人微微一笑，笑纹顿时变深。

“你成绩那么好，肯定能考上的。你跟一美具体聊过要考哪所学校、报什么专业吗？”

“我们想走的路不一样，所以对方的选择不太有参考价值。”

一美说，她想学幼儿教育和儿童发展心理学，以后当小学老师，或者进养母委员会的幼儿部当社工。许多因母亲法捡回一条命、重获新生的养子都希望长大后能进入委员会工作，这是一种纯粹的报恩行为，也能为社会做贡献。

我不一样。我想忘记自己的出身和养母委员会的事，走自己喜欢的路。在咲子妈妈被医生宣判死刑之前，我对未来一片迷茫，完全不知道自己长大了想做什么。但我现在已经想清楚了。我要学西方美术史，成为这方面的专家。学者和美术馆的策展人都不是随随便便就能当的，但我一定会坚持到底。因为那是咲子妈妈当年的梦想。

“而且一美准备一考上大学就搬去宿舍住，我倒觉得住学校所在地的少儿之家也足够了。”

“这样啊。今后的具体安排会由我和这边的教育顾问，以及高中的升学指导办共同商议决定，”负责人依然面色和煦，指尖轻点平板电脑，“你的养父母是一级资格证持有者中最优秀的一对。”

“谢谢。”我下意识回答，鼻子却猛地一酸，只得轻轻闭眼忍住，“爸爸妈妈真的很好。”

负责人抬眼看我。

“如果你不希望安排新的领养家庭，想把抚养权委托给少儿之家，手续还是很简单的。你也可以依照自己的意愿，继续和原来的养父田坂宪一先生、养兄小翔和养姐一美来往。只有一点比较麻烦：只要你还留在少儿之家，每月一次的面谈就是免不了的哦。”

“好的。”

“你们的记忆沉淀也没有出现过松动呢，不会是医疗记录有缺失吧？”

对某些人来说，这是一句相当危险的玩笑话，负责人的眼角却带着笑意。

“我们都是身心非常健康的孩子，多亏爸爸妈妈悉心照顾。”

“最近呢？有什么变化吗？有没有焦虑、做噩梦的情况？”

“目前没有。虽然会因为梦到咲子妈妈掉泪，但都不是吓人的噩梦，只是想起了曾经的幸福时光。”

“记忆沉淀”是进入母亲法系统的孩子都会接受的基础治疗。不是把被虐待的经历从记忆中直接抹去，而是使其沉淀在记忆之海的最深处，永不复苏。

因犯罪、事故与灾害遭受心灵创伤的成人与儿童也会接受短期记忆的沉淀治疗。然而，如果接受治疗的是受母亲法保护的孩子，也就是排队等候与三观健全的养父母配对的候选养子女，那就意味着沉淀被虐待的记忆，也就必然会一并尘封关于虐待行为的实施者即亲生父母、其他血亲及其配偶的记忆。这一点与普通人接受的治疗措施大为不同。

说白了就是，我完全不记得亲生父母和关于他们的一切，也没有回忆起来的契机。因为那些事都应该沉在记忆之海的最深处。

翔把那些记忆比喻为“沉入湖底的玻璃渣”。玻璃渣是透明的，所以你看不到它们在哪里。可要是徒手去捞，十有八九要付出流血的代价。

负责人所谓的“松动”，就是沉淀措施因某种契机变得不稳定，导致被尘封的记忆不受控制地复苏——仿佛玻璃渣在水中四处游荡，进而伤害到当事人的心，引起类似恐慌症发作的症状。

我从没遇到过这种情况。据我所知，翔也没有。听说只有一美在我刚成为领养家庭的一员时有过几次轻微的松动，可能是因为爸爸妈妈的注意力（尽管只是暂时的）集中在了我这个新成员身上，所以年纪只差一岁的一美有那么一点心态失衡。

在母亲法保护下接受记忆沉淀的第一批养子已经到了为人父母的年纪，都过着正常的社会生活。一旦长大成人，成为社会的一分子，“母亲法的孩子”这层身份就绝不会曝光。直到今天，也没有出现过记忆沉淀对当事人的人生产生负面影响的案例，这是向来挑剔的监管机构也认可的成果。反对母亲法的积极分子大肆宣扬的悲情案例都经不起推敲，没有任何依据，尽是瞎编乱造，跟都市传说没什么两样。

而我此刻也敢昂首挺胸地说，我永远都是母亲法的孩子。幸好母亲法拯救了我，幸好遇到了宪一爸爸和咲子妈妈，我才能长成一个普普通通的十六岁女孩，会因为回想起快乐的日子眼泪汪汪。

“好，那我就着手帮你办手续了，等新身份证下来了就拿给你哦。”

我离开面谈室，一边沿着走廊往前走一边掏出手机。一美发了好几条信息过来，还有视频。出什么事了？我定睛一看……

——今天早上拿铁当妈妈啦！

——可能看不太清楚，总共四只呢。

——现在不能刺激到它，说不定再过一周就能去抱奶猫啦！

“拿铁”是一美的闺蜜三好养的猫。浅褐与奶白相间的毛色让人联想到拿铁咖啡，因此得名。它是近年来比品种猫还少见的土猫混种。一美给它的评价是：“我就没见过这么聪明乖巧的猫猫。”

说起来，我们在咲子妈妈的病房里聊过给拿铁相亲的事，还说拿铁的宝宝肯定很抢手，要当猫爸爸的肯定也很多。

宪一爸爸对动物毛发过敏，所以我们家只养过热带鱼。一美是猫狗都喜欢，三天两头去找拿铁玩。

点开视频，拿铁正在铺着毛巾和毛毯的笼子里给小猫喂奶。小猫的毛还没长齐，看上去甚至有点不像猫。屏幕中的拿铁正在舔舐一个个小得可怜的肉团。

刚才在面谈室都咬牙扛下来了，现在却一秒都没坚持住。泪水滴落在手机屏上，一颗又一颗。

我的妈妈已经不在了。

你好呀，二叶。

在少儿之家第一次见面时的笑容。触感柔软的手。

从今天起，你就要在这个家跟大家一起生活啦。这是你的房间哦。

搬去爸爸妈妈家的第一天晚上，餐桌上有我爱吃的通心粉沙拉。直到现在，我还是很喜欢这道菜。在咲子妈妈搬去“Cosmos”之前，我们聊起这些往事，于是她把做法写给了我。

对不起啊，没法再陪你进厨房、教你做菜了。

一想起来就难过得要命，痛得撕心裂肺，但我绝不会忘掉关于妈妈的记忆。我要永永远远，把它们珍藏在心里。

一个多星期过去，小猫看起来依然不像猫，所以我还是不敢抱。一美每天都一个人跑去三好家，拍照片和视频给我。

三好父母经营着一家进口家具布品专卖店，顾客以富人居多，店内装修极尽奢华，美轮美奂。不过电影布景似的三好家也毫不逊色（听说真有电视剧组去他们家取过景）。宪一爸爸跟咲子妈妈对家居装潢和布品不太感兴趣，向来本着“只要舒服、干净就行”的原则，所以在家具摆设这方面，三好家总是令我心驰神往。

因为工作的关系，三好父母认识很多人，据说都不需要特意给小猫张罗新家，朋友圈里问一嘴就行了。对小猫来说，能找到合适的新家当然是好事，可一美却是一脸舍不得。

“等哪天租房了，我可以养猫狗吗？”

“可以是可以，但你得负责照顾哦，我不太能接触动物。”

因为怕它们生病受伤，怕它们死。光是想象失去挚爱的一幕，我就难以承受。

“那是当然，包在我身上。不过你也是那种宠物一进门就会迷得神魂颠倒的类型哦。”

“你怎么知道啦？”

“最了解你的人是咲子妈妈，其次就是我呀。”

我也想把这句话原封不动还给一美。

“奶猫是很可爱啦，但是一美，你可别忘了自己是个考生哦。”

一美是那种天资聪慧的学生，初高中都是没怎么用功就保持着好成绩。可大学总归不是能随便考上的吧。

“放心吧，暑期特训班的课程表我都安排好了。”

“也就是说，暑期之前都不打算进入备战模式喽？”

“有什么关系嘛，你好死板呀！”

“哎呀，你才知道吗，我的好姐姐？”

一美还是天天往小猫那儿跑。眼看着一个月过去了，她又劝我：“再拖下去它们就要去新家啦，你可就一眼都看不上啦！”

于是周六下午，我也跟着去了三好家。从少儿之家出发，坐轻轨环线二十多分钟便是三好家所在的高档住宅区。要想进小区，必须经过一道有保安把守的大门，所以三好特意来门口接我们。

三好身材微胖，虽称不上美人，但气场和蔼可亲。她跟一美完全是两种类型，可能就是特别投缘吧。

“二叶呀，看到你这么精神，我就放心多了。”

寒暄过后，三好握住我的手说道。她和母亲参加了咲子妈妈的遗体告别仪式，之后就再没见过我。她告诉我，比起哭肿了脸的一美，跟机器人似的忙里忙外却双目无神的我更让她担心。

“谢谢你，我已经没事了。少儿之家的饭菜热量太高，我都有点吃胖了呢。”

这些年，一美和我都尽可能不让周围人知道我们是母亲法的孩子。也不是刻意隐瞒，只是不主动提。只在必要的情况下，我们才会对极少数可以交心的人道出实情。

倒不是如今还害怕世人的偏见与好奇的视线，毕竟大多数人是支持母亲法的。只是天知道反对派埋伏在什么地方，多小心一些总归没坏处。

一美上初一那年，就跟三好成了好朋友。但是直到医生宣布咲子妈妈时日无多，她才告诉人家我们是母亲法体系下的领养家庭。毕竟妈妈一旦去世，我们就得跟宪一爸爸分开，搬进少儿之家，所以一美觉得提前说一声比较好。

三好听完后，倒没对我们是母亲法的孩子这点惊讶，反而震惊于“咲子妈妈的离去会导致我们家庭解体”，努力安慰了我们很久。她父母也说，为了不让这种悲伤的别离再次上演，母亲法是不是可以再修改一下？听完这番话，我更喜欢三好家的每个人了。

我们沿着花坛点缀的散步道走过一栋栋设计各异的豪宅，一边欢乐地聊着。据说小猫最好让新家长起名，所以眼下暂且用编号。

“啊？叫一号、二号吗？”

“不，叫一喵、二喵、三喵、四喵。”

三好家西式山庄风格的屋顶映入眼帘。因为养了宠物，所以家里装的是虚拟壁炉，据说烟囱是圣诞老人专用的。

“正好来了一家人，说想领养小猫。”

那辆车就是他们家的，三好指着停在门廊的深蓝色丰田兰德酷路泽说。

“哇，好粗犷的车。”

它不光跟旁边的三好家不搭，而且与整个住宅区的氛围都格格不入。

“他们家喜欢户外运动吗？”

“看着完全不像哎，听说老公是做投资顾问的。”

夫妻俩都是三十五六岁年纪，有个上小学的儿子，家里超有钱。

“连三好都说他家有钱，那肯定不是一般有钱。”一美说道。

“听说是我们家的老主顾，所以不太好拒绝。”三好轻轻噘起嘴，“妈妈可生气了，说都怪爸爸在店里提起了小猫。”

我开口道：“看来你妈妈不想把喵喵们给他们呀？”

“别说‘们’了，一只都不想给！”三好点点头，“还说‘总觉得不合适’，可爸爸又赌气说‘总觉得’算什么？真愁人。”

“哎，可妈妈的‘总觉得’都很准的，不能不当回事。”我望向一美的脸，“你该不会是有什么打算吧？”

一美煞有介事地耸耸肩：“三好，你觉得我妹这诱供能力怎么样？”

“相当可以！”说着三好咯咯一笑，“总之，等见到喵喵们再说吧。”

说话间，我们已横穿了三好家前院，从玄关走到门厅，经过布置得极具夏日气息的起居室，正朝中庭走去。拿铁平时养在室内，不过中庭有它专用的猫窝和笼子，小猫也在那儿。

即便在起居室，也能透过宽大的落地窗清楚地看到中庭。一个高大的男人站在那里，手里抱着毛色和拿铁一模一样的小猫。中庭铺着红陶，圆形树丛里只种了猫吃了也无妨的草木，景色十分素雅。那男人穿着牛仔裤和花哨的条纹衬衫，戴着和兰德酷路泽一样粗犷的手表，仿佛是从某本写真画报上剪下来贴进院子的人物。

男人身边站着一位年龄相仿的女士，两人紧紧相依，这想必就是那对有意领养小猫的夫妇了。衬衫是情侣款的。太太穿着白裙，是今年流行的不对称设计。当她抬手去摸丈夫怀里的小猫时，我发现连手表都是情侣款。

“快跳呀！过来呀！”

十来岁的男孩蹲在拿铁和小猫们所在的笼子跟前，发出兴奋的喊声。他把右手伸进笼子，不知是在摸还是在逗。男孩也穿着和父母同款的衬衫。好一个教科书般的美满家庭。

三好妈妈陪在男孩身边，一见我们几个便说道：“哎呀，这不是一美跟二叶嘛！”

她在离开笼边的同时，顺手一点男孩的肩膀，不动声色地让他站起来。男孩晃了晃手里捏着的东西，看起来像是缎带。他转头望向我们，一张倔强的脸映入眼帘，两眼放光，鼻孔老大，一看就知道和小猫玩耍让他亢奋到了极点。

“安西先生，不好意思，下一波客人到了，今天就先到这儿吧。”三好妈妈对夫妻俩说道。

毛色神似拿铁的小猫已到了太太手里。它畏缩着抖个不停，兴许是不想被抱着。丈夫看了眼手表：“嗯，时间差不多了。”

话音未落，男孩大喊一声：“妈妈！”接着开始使劲跺脚。“我还没跟小猫玩够呢！我不回家！”

在接下来的五分多钟里，我们被迫观赏了教科书般的美满家庭上演的闹剧。爸爸教育，妈妈安抚，孩子越闹越凶。爸爸训斥，妈妈哄骗，孩子满地打滚连哭带嚎。爸爸把人拎起来抱好，妈妈一遍遍摸着他的小脑袋，孩子哭得抽抽搭搭。

我发现这一家三口连鞋都是一个牌子的。呵……我边想边打量着他们，接着便与男孩妈妈四目相对了。她好像也在观察我，然后在一瞬之间，视线相撞，“啪嚓”作响。

真奇怪。明明是初次见面，我却有种对方在发问的错觉。

一家人在三好妈妈的带领下离开中庭后，我们几个同时松了口气。

“哪来的熊孩子啊？”

毛色神似拿铁的小猫是二喵，据说那对夫妻已经看上它了。一美抱起二喵，把它轻轻放回拿铁身边。

“之前他第一次来看猫时，就是那副样子了。”

据说那男孩下手没轻没重，一会儿乱拽小猫尾巴，一会儿抓着猫脖子作势要扔，看得三好提心吊胆。

“他们是想拿小猫当儿子的玩具呢！”一美把手伸进笼子，“拿铁，你还好吗？是不是觉得很烦？”

她摸着拿铁的下巴跟它说话，拿铁乖乖伸长脖子，貌似在打呼噜。

“三好，还是让宪一爸爸领养二喵吧，别送去那个小鬼家。”

我吃了一惊。“还是”二字，说明她们早就讨论过了。我望向三好，她点点头道：“是想这样啦。二叶怎么想？”

“心情我理解，可是一美，爸爸现在可是一个人住哦，”我说，“他上班的时候，谁来照顾二喵啊？”

“没事啦，还有爸爸的爸爸妈妈呢，”一美抱起全身奶油色，只有耳朵和尾巴尖带点褐色的小猫，回头望向我，“因为我们搬走了，所以爸爸可以跟自己的父母一起住了。”

我跟傻子似的杵在原地干眨眼。

爸爸的父母不是早就去世了吗？爸爸是这么跟我说的啊。还说咲子妈妈的父母也走得早，她又是独生女，所以跟亲戚也不太来往。葬礼也是我们几个操办的，没有亲戚帮忙……

“爸爸是怕我们不开心，所以才说他的父母已经去世了，其实他们都硬朗着呢。”

“爸爸为什么怕我们不开心？”

“因为宪一爸爸的爸爸妈妈不肯认翔和我们啊。”

一美用平静的口吻解释了事情的来龙去脉。

其实宪一爸爸的父母并不反对母亲法。不仅不反对，还认为母亲法是必要的，可以拯救人权受到侵害的被虐待儿童。然而他们无法接受这套体系与自己的人生直接相关。在宪一爸爸和咲子妈妈申请成为养父母、考取资格证并领养了翔之后，两方的关系就疏远了。爸爸的父母并不想当我们的爷爷奶奶。据说爸爸也是受了咲子妈妈的影响才愿意接纳母亲法的孩子的，而妈妈和公婆的关系已不是单纯的疏远，甚至可说是紧张。

“紧张……”

我大受打击，只觉眼前一片漆黑。“咲子妈妈是因为父母走得早，很想念他们，所以才主动申请当养父母的。”

“这我知道，可宪一爸爸的爸爸妈妈不这么想，那也没办法啊。”一美把鼻子贴在二喵的小脑袋顶，低下了头，“他们也不是没来由地讨厌我们，只是不接受我们当孙子孙女。他们也说了，要是爸爸领养了二喵，我们随时都能去看它。”

因为原来的领养家庭已不存在，因为宪一爸爸跟我们的关系已经断了，因为我们变成了“曾收养过的陌生人”，所以他们才会对我们好一点吗？

随时都能去。

“一美，他们这么对你，你不觉得难受吗？”

“对不起啊，二叶，”三好站在我们之间，神情僵硬，“我不知道情况这么复杂……”

“不是你的错，都怪我没提前跟二叶说清楚。”一美撂下这句话，蹲下身把二喵放回笼子。拿铁在叫，猫总能敏感地察觉到周围气氛的变化。

我说：“该说对不起的是我，让我冷静冷静。”

“别啊，这就回去了吗？我还准备了茶和蛋糕呢！”

“那我去外头透透气。”

我觉得对不起三好，却还是逃离了中庭。我小跑着穿过起居室，刚好和端着茶点的三好妈妈擦身而过。

推开沉重的玄关大门，来到前院，粗犷的兰德酷路泽已经从门廊消失了。我一路冲到散步道，暂且立定，做了个深呼吸。由于双手颤抖，我把十指扣紧，按在胸口。

我们曾是受神奇的母亲法庇佑的幸福家庭的理想代言人。谁知完一爸爸竟为了我们这几个养子，不得不和自己的亲生父母保持距离。

明明不反对母亲法，却无法接纳母亲法体系下的领养家庭？这算什么？他们觉得母亲法的思想很崇高，却不想被崇高的思想波及？他们觉得母亲法的孩子们遇到幸福的领养家庭是一件幸事，却不肯承认养子女是自己的孙子孙女？这也太卑鄙了吧！

我沿着散步道往前走，秀美的小区风光颜色尽失，丝毫都看不入眼。

难道这个世界一点都不美好，只是我一直都没察觉到？

“二叶小姐。”

听见有人在身后叫我，我惊得微微一跳。回头望去，竟是刚才那位穿情侣装的太太。我的惊讶好像也吓到了她，惹得人家欠身哈腰。

“不好意思，吓到你了。”

说着她扫视四周，像是在确定没有旁人，然后带着毅然决然的表情朝我走来。

只有她一个。丈夫和孩子都不在。与刚才不同的是，此时的她背着个小挎包，跟脚上的鞋是一个牌子的。

“你是叫二叶吧？”

我倒吸一口冷气，一时间说不出话来。

“都长这么大了。”

走到我跟前时，她的眼角多了几分柔和。眼妆画得真好。

“你肯定不记得我了，但我一眼就认出了你，因为你跟她长得太像了。真的，简直是她的翻版……”

滚滚乌云涌上心头，满脑子都是不祥的预感。赶紧走。不能跟她说话。

脑子里明明这么想，双脚却不听使唤。

“都十多年了——也许不止吧？真的太久了，我都不记得你养父母姓什么了，但还记得你的新名字叫‘二叶’。那时候刚好是新绿最美的季节，我还感叹真是个应景的好名字啊。”

心脏狂跳，呼吸困难。我拼命挤出一句：“您是哪位？”

她突然咬住涂着低调颜色口红的嘴唇。

“抱歉，不能告诉你。”

好尖锐的视线。她扬起下巴，一脸傲然。这让我十分恼火，于是我抖擞精神道：

“您姓‘安西’，是吧？”

“糟糕”二字在她脸上掠过。

“我听错了吗？总之，我不能跟来路不明的人说话，失陪了。”

我走向散步道边，准备经过她去三好家那边。擦身而过后才走几步，她的声音又追了上来。

“你接受记忆沉淀的时候，我在养母委员会的中央诊所当志愿者。”

因亢奋而变尖的嗓音伴随着过快的语速刺入耳中。我虽不甘心，却不由得停下脚步。为了不让自己回头，我不得不调动所有的意志力。

母亲法的孩子们要接受记忆沉淀，而相关治疗由委员会下属的中央诊所一手负责。

“那是我当护理助手的第二年。因为我的专业是儿童心理学，所以成了你的负责人。你住院的时候，我还陪你玩过填字游戏和涂色书呢。你还记得吗？”

身体两侧的拳头死死攥紧。

“竟然这个时候在这里遇见你，一定是命运的指引！”她的声音里回荡着自我满足，“看到你健康又幸福，真高兴啊。跟你一起来的姑娘是你家人吗？我听你喊她‘一美’来着。”

听到她对一美直呼其名，我顿时火冒三丈，挺直后背，回头说道：“那又怎样？我警告你，如果你刚才说的属实，你现在做的就是违法行为。”

养母委员会的职员离职后也必须遵守严格的保密规定，不得泄露领养家庭与养子女的隐私。如有违反，相关人员将受到严惩。

“如果我向有关部门投诉，你说不定会被逮捕。刚才和你一起的是你孩子吧？如果你受到刑事指控，他就会跟当年的我一样，成为母亲法的保护对象。”

我一个字一个字地狠狠甩到她脸上。安西有点怕了，后退了几步，时髦的皮鞋后跟磕在散步道上，发出清脆的响声。

“我知道，”她的语气变得疏远冷淡，语速更快，“但我没法装作不认识你。我原想要是等三十分钟你不出来我就死心，结果还是见到了……”

她在拼命找借口。为了谁？为什么？她想干什么？

“这些年，我的想法变了很多——”

“关我什么事。”

我撂下这句，背过身去。那辆深蓝色兰德酷路泽从马路另一头缓缓驶来，驾驶席上是穿情侣装的丈夫。说起来那衬衫真是太花哨了，离那么远都能一眼认出来。

“二叶小姐。”

车越来越近了，我没看到那个男孩，是不是坐在后排啊？

“你的生母叫挂井小百合，一辈子过得一塌糊涂，现在成了死刑犯。”

五雷轰顶。

“去见见她吧，你有这个权利，也该见见自己的生母。只要见一面，一定可以心灵相通，你也会更了解你自己。”

安西走到我面前，把手搭在我肩头。我甩开她的手，她竟一脸震惊，仿佛被我甩了一巴掌。

“别这么生气嘛……”

“是你太过分了。”

我后退一步，双手抱胸。安西抬手按住额角，闭上眼，指尖点缀着考究的美甲。

“对不起，”她喃喃道，再次环视四周，“以前我也认同母亲法的每个字，甚至盲目追捧。但现在不会了。因为太不自然了。”

竟然把亲生父母忘得一干二净，竟然都不去回忆亲生父母，竟然不觉得有什么不对……

“被虐待儿童的记忆沉淀只是欺骗，不是真的解决问题，那只是伪善呀！我希望你明白这点。”

自顾自亢奋，自顾自拼命摇头，全身颤抖。就像在说：快看！我想得多深！

“挂井小百合没有忘记你，她很想见你。你们是母女呀。只要见一面你就会懂了。”

兰德酷路泽停在我们旁边，掀起一阵小旋风。后排蹦起一个小小人影，用撒娇的声音喊道：“妈妈！”

驾驶席上的男人看了我一眼，眼神中尽是威吓。

“求你了，好好考虑一下。”

安西在我耳边轻声说道，把什么东西塞进我手里。我吓了一跳，连忙推开，那个东西应声落在脚边。那是一张白色卡片，看着像名片。

“我不会再在你面前出现了。但要是你哪天决心想见生母，那张卡片会帮到你的。”

她留下这句话，打开副驾驶一侧的车门，迅速钻进车里。然后兰德酷路泽就扬长而去了。

父母对子女的监护权曾一度享受全面的尊重与优待，而母亲法的核心就是为国家集中管理监护权创造条件。监护权的终止、剥夺与授予由国家机构“养母委员会”全权负责，父母或子女（包括双方代理人）均可自由提出申述，儿童权益保护所与教育机构负责人也可以在他们认为有必要的情况下提出相关申请。

由国家集中管理监护权，就意味着每位家长，随时有可能出于某种原因被认定为“不合格的养育者”，被迫与孩子分开。法案颁布后，激烈的反对声一直存在，“极权主义”“无异于国家动员法”的批评也纷至沓来，究其原因，想必是不少人对公权力介入亲子间那神圣不可侵犯的纽带产生了本能的厌恶与警惕。

即便如此，母亲法与养母委员会的存在还是得到了全社会的广泛支持与尊重，毕竟相关工作实实在在地拯救了无数不幸的父母子女，此时此刻也有人正在获救。

没错，从虐待的深渊获救的不只有孩子，还有父母。在母亲法体系下，施虐父母的刑事责任一律不予追究。无论孩子遭了什么罪，他们都不会背上故意伤害、故意伤害致死、谋杀未遂或谋杀的罪名。施虐父母需要的不是刑事处罚，而是保护与教育，所以他们只会被送往专业机构，强制参加为期六个月的教育项目。

项目结束后，他们会被转移到过渡机构生活半年，为回归社会做准备。这段时间里，他们会接受与本人意愿和资质相符的职业训练。毕竟无论男女，曝光施虐问题往往会导致失业，而本就无业的施虐者也大有人在，所以他们必须在过渡机构为将来就业打下基础。

至于是否要对施虐父母实施记忆沉淀，要看具体情况。据以往的数据，实施率约占整体的三成。针对父母的记忆沉淀并非强制，会尊重当事人意愿。在情节严重的案例中，施虐者往往是曾经的被虐待儿童，这种情况下记忆沉淀就非常有效。

按照母亲法的理念，陷入虐待状态的不健全家庭不该被重组。即便每位成员得到了相应的保护、教育与改造，理想方案依然是重置，而重置的第一阶段就是记忆沉淀。此举有助于缓解被虐待儿童的依恋障碍，同时也切断了施虐者对孩子的支配欲与依赖。与施虐者分离的被虐待儿童成了母亲法的孩子，被托付给合适的领养家庭；而参加过培训教育的施虐父母也能回归社会，日后在结婚与养育子女方面也不会受到限制。

另外，母亲法定义下的“孩子”等同于未成年人，所以因沟通障碍无法上学、就业的二十岁以下青少年也是受保护对象。因此，记忆沉淀措施与教育项目对减少社会性蛰居族、预防未成年人犯罪与家庭暴力也有一定助益。遭到父母心理虐待的青少年也好，为了“养育失败”烦恼不已的家长也罢，都能在母亲法的帮助下从头来过。

自母亲法颁布以来，青少年犯罪率确实稳步下降，曾占本国杀人案近六成的“家族内杀人案”数量也在不断减少。

在少子老龄化、人口数减少的大环境下，不让一个孩子死在家长手上，也不让一个家长死在孩子刀下；缓解“孩子不能选择父母”这一绝对不公平的现象，打造一套在大人没履行好父母职责时兜底的制度；为全体国民创造机会，帮他们过上“有意义的人生”：母亲法为实现这些理想创造了条件，堪称奇迹之法。

然而，即便是这样一部法律，也有力不从心的时候。

之后的几天，我独自迷茫，独自烦恼，独自强抑愤怒。

这愤怒明快而笔直——冲着那个姓安西的女人，冲着她抛出的那些话；冲着下意识捡回那张卡片的自己，冲着不敢把卡片撕碎扔掉的自己。迷茫与烦恼，都是因为不知道该如何处理这些愤怒。

上网一搜，轻松就能查到那个人的信息。挂井小百合，三十五岁。的确是已经定罪的死刑犯，半年前的第二次上诉申请被驳回了。

两次申请理由都是“被告因事实误认被判处不正当重刑”，不是“被冤枉了”，也没有新证据被采纳。

因此驳回请求是非常正当的。挂井小百合已经是一个随时可能被执行死刑的人。

一美怎么可能察觉不到我的郁闷。

“怎么啦？”

“没什么，可能有点要感冒。”

这种托词哪里瞒得住。到头来我还是举旗投降，对一美全都招供了。那张卡片也拿给她看了。

一美沉默了很久很久。晚饭后，我们坐在食堂一角。屋里冷冷清清，天花板上的灯也关了大半，塑料杯中的咖啡尚有余温。

一美用手指摆弄着卡片边角，低声道:“这个组织……我也听说过。”

卡片上印有某法律专家组织的联系方式，包括电话和邮箱。他们认为接受过记忆沉淀的孩子应该找回过去，宣称愿意免费帮忙办理必要的手续。

“因为有一阵子他们公然跑到车站跟前、学校门口发广告，后来有人被抓了，才稍微收敛了点。”一美把卡片放回桌上，望向我，“你要联系他们吗？”

“怎么可能！”我使劲摇头。

“那你打算把卡片交给所长，跟他谈谈那个姓安西的女人吗？”

我瞠目结舌。

“一美，你开玩笑吧？这么做肯定会给三好添麻烦的。”

安西主动与我接触，泄露我生母的信息，违反了前委员会职员的保密义务。单是这一条，就已经是严重的违法行为。况且她还把这张卡片塞给我，相当于骚扰受母亲法保护的养女，破坏领养家庭，这也触犯了《破坏活动防止法》(反对派认为这一司法解释违宪，为此争论不休，但最高法院目前仍站在养母委员会这边）。

如果我向有关部门投诉，届时会被调查的就不仅是安西夫妇了。和他们有来往并且从结果看为安西接近我创造了条件的三好家，恐怕也会被波及。

“我知道，”一美压低声音，“我也担心这个啊。三好父母不是很同情我们家被拆散吗？要是养母委员会的特别调查员刨根问底，他们的同情搞不好会被误会成不好的意思。”

我还没想到这一层，不禁语塞。

“……那很危险哎。”

“嗯。”

我抓起卡片，把它揉成团。

“我去扔了吧，要不直接烧掉？”

“那你为什么要捡回来呢？”不等我回答，一美便迅速摇头，“不，捡回来是对的，这种东西留在三好家附近才麻烦呢。可你一直留着它，是不是有什么打算？”

我们看着对方。

“二叶，你想见那个挂井小百合吗？”

攥着卡片的手落到膝头，我把视线从一美脸上移开。

“兴趣的确是有啦，毕竟是罪犯，还是死囚呢。”

但我并不想见她。

“我太气了，气得快疯了，心里堵得慌。”

因为那个姓安西的女人说：“你的生母很想见你。”

“她凭什么这么说啊，是个傻子吧？”我发现自己抬高了嗓门，赶忙调整呼吸，“那不是典型反对派伪君子们的说辞吗！”

他们说，亲生父母的爱是绝对性的。

“安西夫妇可能是受了活动分子的影响，”一美说，“他们好像很有钱的吧？激烈的反对派里有不少有钱人呢。”

因为他们没吃过苦，所以才对母性与血缘的绝对性深信不疑。他们不愿舍弃很久很久以前就已被推翻的神话。

“我实在气不过，所以想找她本人问问，看安西说的是不是真的。”

我想见挂井小百合，问她几个问题：你真的还记得我吗？你想在行刑前见我，是因为我是你十月怀胎生下的亲骨肉吗？

“如果她真那么想，我就笑着对她说：‘那可真不好意思。’”

我要告诉她，我只有咲子妈妈一个母亲，我根本不认识你。

“仅此而已。”我向一美低头道歉，“对不起，让你担心了。”

难以承受的心痛与悲哀扭曲了一美的面容。

“为什么要让你受这种折磨啊，要是我能替你就好了。”

一股热流涌上心头。我的姐姐……我真正的家人就在这里啊！

“你查过那个挂井小百合吗？”

“嗯，上网搜一下就知道她为什么被判死刑了。当然，她跟我是什么关系，当年对我做过什么，是查不到的。”

一旦成为母亲法的保护对象，受保护的原因就会被认定为机密，相关记录也会被封存。即便是当事人，也必须向委员会提出申请，办理种种复杂的手续，还要审议批准后，才能接触到相关信息。

“她今年三十五岁，所以生我的时候才十几岁。照理说，她肯定进了养母委员会的收容所，接受了教育后才会回归社会。可警方第一次逮捕她的时候，她才二十二岁。”

她被指控持有、贩运非法药物，当时判了缓刑。

“后来她结了婚，又离了婚，二十六岁时跟有妇之夫搞婚外恋，闹分手时起了争执，于是冲到对方家里捅死了人家的妻子和孩子。一审判死刑，二审维持原判，最高法院也核准了死刑。”

她背后的援助团体和律师团队提出了两次上诉请求，宣称“法院没有考虑被告行凶时精神失常，没有完全民事行为能力”，“杀人行为纯属偶然，应认定为过失杀人罪”，但这简直是胡说八道。因为挂井小百合冲去对方家的时候包里藏了两把刀，而且她也的确用这两把刀行凶了。她在行凶后还把遗体转移到车库，盖上了车罩。为了不让罪行立刻见光，她又清理了案发现场（起居室），还搜刮了被害者的衣物首饰一并带走。这算哪门子的偶然？三岁小孩都要笑掉大牙。

“这女人坏到骨子里了，就是个人渣。”

说到这里，我喝了一口凉透的咖啡，冲刷涌上心头的厌恶。

“养母委员会给她安排的教育项目、心理咨询、职业训练和就业援助都白费了啊。”一美喃喃道，“搞不好她有人格障碍。”

“天知道，反正不关我事。”

除非存在严重的遗传病隐患，需要立即进行基因治疗，否则生物学层面的亲子关系并没有太大意义。血浓于水，不过是母亲法颁布前笼罩着全社会的盲目崇拜。塑造我这个人的决定性因素，并不是“谁生了我”，而是“谁在怎样的环境下养育了我”。

食堂工作人员在门口张望。看到我们还在，对方微微一笑。我与一美也微笑着点头示意，于是工作人员便走开了。

“说不定那都是谎话，”一美卸下假笑，换上能剧面具般的脸，“也许安西骗了你，搞不好她根本不记得你的名字和长相。”

只要是母亲法的孩子就行。只要能把他跟死刑犯挂井小百合联系起来扰乱心绪，让他与反对派的活动分子接触，撒谎也不是问题。

我也想过这个可能性。毕竟在三好家偶遇，这未免也太巧了。

可是——

我掏出手机，点开一张图片，默默把画面转向一美。

那是三年多前挂井小百合的律师团队在提出第二次上诉请求时公布的照片，它现在还挂在团队网站上。

即便考虑到年龄差距，照片上的脸也与我太像了。轮廓、发际线、眉眼、鼻子……可以说，就是“一个模子里刻出来的”。

我之所以愤怒，之所以无法压住、厘清心中的怒火，原因正是这张照片。眼看一美的脸色愈发苍白，近乎痛苦的愤怒使我逐渐凝固。

其他的我都能忍，唯独这点。每每想起安西的那句话，我都气得灼心，身体的最深处仿佛要被烤焦了。

因为你跟她长得太像了。真的，简直是她的翻版……

“我们明明长得像咲子妈妈！”一美拼尽全力挤出这句话，把手机扣在桌上，“你管这些干吗！”

“我知道。”

宪一爸爸、咲子妈妈和我们共享了美好的分分秒秒，所以我们才有相似的心，而心会影响外貌。我们才是真正的一家人，是领养家庭的理想模范。

可恶的基因捣的鬼才不会让我动摇呢！

可是涌上来的阵阵怒气还是让我窝火。

之后的一个多月，我跟一美几乎没见几面。毕竟有点尴尬，我觉得这样也好。像这样的情绪波动，最好的办法就是交给时间，静待风波平息。

所以在那个快要出梅却还落着细雨的周六下午，当一美出现在食堂并朝我走来时，我稍稍松了口气。因为她已经拾回了明亮的表情。一美穿着她喜爱的 T 恤，就是搬家那天翔买的那件，下身搭了条毛边牛仔裤，角斗士凉鞋踩得直响。

这就算过去了吧。

碰巧我也穿着翔买的 T 恤，我猜这是个有意义的巧合。

“这位考生，最近状态如何？”

我主动搭话，一美报以微笑，但眼睛却没笑。

她拉出一把椅子，坐在我旁边。饭点已过，食堂里不剩几个人。空气中还弥漫着肉末咖喱的香味，那是今天午餐的主菜。

不等我再开口，一美下巴略收，轻轻憋住一口气。

“如果你没改主意的话，还是有办法见到挂井小百合的。”

我顿时僵住了。一美缓缓说道：“最近会有一场法理学、刑法学、犯罪心理学专家组织的访谈活动，叫‘对话死刑犯’，普通市民也能旁听，只是名额不多。”

观众跟囚犯之间隔着玻璃，也不能提问发言。

“所以与其说是去‘见’她，不如说是去‘看’她。如果你觉得这样也行——”

“你怎么会有这种门路？”

“因为我是考生啊。平时不光要学习，也要去大学参观访问。有个高中社团的学长很照顾我……”

那位学长就读于某大学法学院，而那所学校正是一美的第一志愿。据说带他的教授是一位法理学家，研究的是本国死刑制度的历史。

“他导师认为，现行的死刑制度太封闭了，应该让公众了解更多信息。所以他一直在向国会提交意见书，参加请愿活动。”

功夫不负有心人，据说“对话死刑犯”已经发展成了在全国各地定期举办的活动。

“听说是律师团队说服她参加的，肯定是因为参加这种活动也许能延后死刑的执行时间。”

我眯起眼睛：“这活动来得也太巧了吧？”

听到这话，之前装得一本正经的一美终于露出一抹浅笑。

“时机是有点巧，不过我听说挂井小百合要参加活动的事早在三个月前就定下来了。”

“可我查的时候，律师团队的网站上没提这事啊。”

“大概是因为普通观众的招募工作还没开始吧，我听说是上周抽的签。”

报名人数竟然多到要抽签？他们到底想听什么？想看什么？我真不懂。

“学长他们组的人都报名了，说是中了三张，结果学长以外的人都临阵脱逃，就多出来两张。”

一双修长的眸子凝视着我。

“还说哪怕是高中生，只要想去就可以给票。好像当天教授会亲自带队呢。”

毕竟对年轻人来说，这也是难能可贵的经历。

“活动是什么时候啊？”

“下周六。”

这一定是上天的安排，是神明的旨意。那天我没有任何事。

“旁听的普通市民大概有百来个。当天要带好身份证，随身物品和人都要过安检。进入会场后要乖乖坐着，不能大声喧哗，或是随意起立。不可以带海报条幅等，也严禁录音录像。就跟去法院旁听差不多吧。”

我的心中波涛汹涌，冲出双唇的却只有懦弱的提问。

“你说多出来两张，那……你会陪我一起去吧？”

“当然。”

我的大美人姐姐凛然说道。

原来死刑犯不在监狱，而在看守所，因为囚禁死刑犯不算“行刑”。

由于单程要花三个小时，我们向少儿之家提交了外出申请。一美只说我们要和她想去的大学的学长们去郊游，负责人便笑着送我们出了门，还说："玩得开心点。也许能交到帅气的男朋友呢！"

教授开私家车带学长跟我们去。他一边开车，一边讲解"对话死刑犯"活动的宗旨和进看守所的手续。

"哪怕活动快开始了，要是你们觉得不舒服，或是不想参加了，都尽管说。我不想你们太勉强。"

"好的，谢谢您。"

教授是位银发绅士，他并没有滔滔不绝地讲自己的研究方向和平时的工作。

"我等会儿要去监控室做记录，所以不会在旁听席上。胜俣，两位小朋友就托你照顾啦。"

教授口中的"胜俣"就是一美的学长。他的长相实在称不上玉树临风，不过身材魁梧，看起来很可靠。

"我会负责好好陪她们的。"

讲完注意事项后，教授贴心地放起了古典乐，然后专心开车。胜俣学长与一美一直在聊校际橄榄球赛，我都不知道一美竟然还喜欢橄榄球。也许她喜欢的不是橄榄球，而是胜俣学长，回头一定要找她问个清楚。

看守所坐落在茂密的森林深处，围了两层铁丝网。等距安装的照明灯仿佛一个个滞空的小圆盘，排列得整整齐齐。建筑本身是个冷冷的混凝土方块，就像是神明一时心血来潮扔进森林的巨型积木。

迈入银色铁丝网，小卵石是白的，布满尘土的干燥地面也是白的。某种角度看，有点像奇特现代艺术的专题美术馆。

走进建筑后，普通旁听者按指示严肃地办理手续。安检和机场的流水线作业差不多，安检员的态度柔和而亲切。

放眼望去，日光灯的光均匀地落在角角落落，没一处不亮。灯光下的旁听者大概百来人，跟计划一样。男女老少，装束各异。哪怕有死刑反对运动的积极分子混进来，恐怕他们也没打算这时候闹事。

每个人都很紧张，一言不发。看守所里走来走去的狱警看起来格外高大，与此相对，我们自己的身形却感觉在不断缩水。

本以为今天大概只有一美跟我两个高中生，没想到还有一队看起来像高中生的旁听者，全是男生，总共四个，有位记者模样的男士带队。他好像认识教授，走到半路还凑过来递名片寒暄了一番。

对话活动将在看守所的小会堂举办，教授把我们留在了小会堂前方的门厅。

“听说慰问犯人的活动平时都是在这座小会堂举办的。”说着，胜俣学长环视四周。

所以门厅的桌椅才这么朴素，而且都固定在地板上，没有一个垃圾桶，也找不到一处藏得了东西的缝。

“慰问一般都有哪些形式啊？”

“落语啦，音乐会啦，还有小剧团表演话剧什么的。”

“这些表演也隔着玻璃吗？”

“不，只有在‘对话死刑犯’的时候，才会在舞台前面竖一块防弹玻璃。”

“哇，这么费事啊。”

我们在门厅等候进场，三五成群的旁听者也开始聊天。所有人都压低了声音，也不知道是在顾虑谁。死刑犯？还是亡命在死刑犯手下的那些被害者？

铃声响起，语音广播从墙上的音响传来，让旁听者尽快入座。

“走吧。”胜俣学长起身说道，一美和我也站了起来。连接小会堂和门厅的门只有一扇，是左右对开的隔音门。

我本以为自己早就做好了思想准备，直到刚才都还平静得很，可这一刻膝盖却哆嗦了起来。我咬紧牙关，逼自己抬头，走去排队。可就在排队入场的时候，心跳却越来越快，呼吸也愈发困难，我不禁抬手捂住胸口。

“二叶，你没事吧？”一美抓住了我的胳膊。

胜俣学长回头一看，瞪大双眼道：“妹妹怎么脸色煞白啊！”

怪了，怎么会这样呢？

“我没事的，不好意思……”

“怎么会没事呢？先往回走吧。”

一美拉着我慢慢往回退，胜俣学长向走进会场的其他旁听者点头致歉。

我感到头晕目眩，症状好似贫血，冷汗冒了出来，呼吸频率越来越高。来自周遭的视线刺在我身上，好痛。我讨厌被人同情。

“二叶，我们就留在这里吧。”一美搂住我的肩膀，“对不起啊，学长，我们就不进去了。”

“没关系。还是别进去为好。”

我本想对他们说：没关系的，进去吧，我没事。然而嘴唇一张一合，却发不出声音。热血冲昏了头脑，眼皮内变得滚烫，胸口更闷了。

思绪好乱。零碎的画面接连掠过脑海，爆发出闪光，又消失不见。耳鸣。恶心。手脚发凉。

是不是记忆沉淀出现了松动，过去撼动了我的心神？可这不可能啊！我成长在母亲法的巨伞下，在理想的领养家庭里长大，照理说不可能出现这种问题啊。

“学长，你快进去吧。要是二叶一会儿缓过来了，我们可以晚点再入场吗？”

“应该可以吧。我坐最后一排，这样你们一进来就能看到我了。”

学长消失在隔音门后，于是门厅就只剩下一美和我了。

“坐这儿。”

一美几乎是把我抱到了不远处的沙发上。一落座，弹簧嘎吱作响。坐上去的感觉实在称不上舒适，全身却在一瞬间放松下来。

一美贴着我喃喃道："对不起……都怪我多管闲事……

"我只是想帮你出这口恶气，想跟你一起确认我们不会输给安西的卑劣行径，不会输给伪君子的梦话。

"实话告诉你吧，我把来龙去脉都告诉学长和教授了。我说挂井小百合可能是我妹妹的生母，所以妹妹想去见她一面，问他们能不能帮忙想办法……然后教授告诉我有这样一场访谈活动，还帮忙安排了座位。"

入场券不是抽中的，学长的同学也没有临阵脱逃。这场活动本就没有邀请公众旁听，据说今天到场的，都是策划"对话死刑犯"的学者、有识之士所属大学与研究机构的人，以及他们的学生。

"不过这时候能得到这样的机会，的确是命运的指引啊。"

我调整着呼吸，断断续续地说道。总觉得这时候抬头恐怕又要头晕，所以身体依然保持前倾。

一美轻抚我的后背。

"你别操心这些了，就在这里等到活动结束吧。"

不知道小会堂里是什么情况。被隔音门一挡，别说是响声和动静了，连会场的气氛都感觉不到分毫。也许就在我与一美紧紧依偎、垂头丧气的时候，时光悄然流逝，旁听者已经走得一个不剩了。

咲子妈妈是我的妈妈。我只有她一个妈妈。我是我。我是咲子妈妈的女儿。等待我的是妈妈为我勾勒的只属于我的未来……这些念头在脑子里翻来覆去。

有什么好怕的？怎么能在这里退缩？我不能输。

绝不能输。

"一美。"

我直起上身。头不晕了，汗也退了，膝盖不颤了，双腿能使劲了。

“进去吧。”

一美那双动人的眸子近在眼前，她的眼中分明有我的倒影。

“我没事的，你陪我进去吧。”

我们手牵着手，站起身来。拉开隔音门，迎接我们的是一片漆黑的空间——原来后面还有一道门。

人声隐约传来。轻轻拉开内侧的门，声音顿时变得清晰。这是男人的声音。

“……你现在最想要什么呢？物质上的、精神上的都可以。”

一美先钻过门缝，我紧随其后。小会堂几乎座无虚席，成排成排的座椅靠背，一字排开的脑袋。观众席上方的照明灯也亮着，视野清晰。

舞台前方立着一面玻璃墙，略黄的灯光洒在墙后。台上摆着跟门厅同样朴素的桌子，还有三把带靠背的钢管椅。两位身着西装的男士占了桌子右侧的两个位置，一个手握无线话筒，另一个拿着资料夹。

桌子左侧的椅子上坐着一个女人。她穿了一套发白的运动套衫，脚踩脚蹬，放在膝头的双手戴着手铐。两位身着制服、头戴制服帽的狱警站在她身后，以双手背后的姿势站着。

几个旁听者回过头来，可能是被我们的动作分散了注意力。一美跟我都站在最后一排座位后面，纹丝不动。大家很快就把视线转回了舞台。

和三年前的照片相比，挂井小百合瘦了一些。照片里的披肩长发在后颈处扎成一束，照明灯下的脸孔素面朝天，看起来比纸人还要枯槁几分。

她的眼窝凹陷，没在看提问者，也没在看听众。她的双肩低垂，上半身稍稍扭出一个角度，脚尖没有并拢，显得很没规矩。

“什么都不想要。”

没有抑扬顿挫的声音，略显沙哑，听不出感情色彩。旁人能从她身上感觉到的，她所释放出来的——

是疲劳。

这就是她给我的第一印象。她精疲力竭了，什么时候消失都不奇怪，仿佛寿命将尽的电灯泡。

我凝视着她的身姿。我能感觉到，身旁的一美大气都不敢出。

全神贯注，目不转睛，眼中只盯着挂井小百合。提问者抛出下一个问题：“那么在援助者和律师团队送来的慰问品里，最让你高兴的是什么呢？”

挂井小百合轻叹一声，臀部在椅子上挪了挪，手铐反射着照明灯的光。她抬起头，双眼扫向会场的旁听者，仿佛是为了躲避炫目的光线。

最后排的右端有人稍稍站了起来，是胜俣学长。一美也看到了他，于是对我点点头，蹑手蹑脚朝他走去。

舞台上突然有了动静。

话筒发出刺耳的响声，是啸叫。

女人说了什么，但我没听清。

喊声随即传来。

观众席一阵骚动，成排的脑袋晃动起来，两名狱警冲上前，提问的男士半弯着腰，另一位男士在原位瞠目结舌。

“优亚？”

说话的是挂井小百合。她那一双眼仿佛消瘦脸颊上的两个窟窿，此刻正聚焦在我身上。

她在看我。

“是优亚吗？是优亚吧！”

挂井小百合想要起身，却被狱警按住了。她拼命挣扎，扭动身子，扬起头喊道：

“是优亚对吧？我一眼就认出来了！你是来见我的对吧？我是你妈妈啊！”

慌乱在观众席中扩散，座位嘎嘎作响。

“挂井女士，请你冷静一点，访谈还没结束。”

负责提问的男士安抚道，但挂井小百合完全听不见。

“放开我！我女儿来了！她就在那里！她是来见我的啊！”

嘶哑的嗓音充满了力量，热血灌入瘦弱的身体，纸人在那一刻变成了有血有肉的人。她那么激动，那么欢喜，上手推开试图控制自己的狱警，头发乱了，两颊潮红。

“优亚！优亚！妈妈想死你了想死你了想死你了！妈妈从没忘了你！妈妈在这里！对不起对不起对不起……”

母亲呼唤着女儿。

再糟糕的母亲，也是母亲。

但这是错的。

我也错了。挂井小百合看的不是我。

而是一美。她在对一美喊话。

她以为一美是她的女儿。她以为那个受母亲法保护之前名叫“优亚”的女儿，那个不幸的、倒霉的、无法选择父母的孩子长大之后，成了一美的模样。

为什么？因为一美更漂亮吗？母亲法的魔力让我们变得相似，可到头来还是一美更漂亮，更引人注目，所以才认准了她？

笑死人了。

大闹的死刑犯在近百名旁听者眼前被狱警控制住，拽向舞台的一头。舞台上的男士一脸失望，台下的旁听者骚动不止，无数视线交错着，话筒阵阵尖啸。

我用双手捂住耳朵。如此讽刺的闹剧，我只想一笑了之。活该。你还说生母的爱是永恒不变的？她明明连自己的女儿是哪个都认不出来！

我放声大喊，情绪从喉咙深处迸涌而出。有人揪住我的手臂，紧紧抱住我的身体。

谁在哭？我才没哭呢，我在笑啊。因为这太荒唐了，太搞笑了，哪能忍住不笑？

可是一美为什么在哭？她为什么在劝我？我在干什么？

那是我的母亲？打死我都不认！

只有母亲法才是唯一正确的！

咲子妈妈在哪里？你在哪里呀？我想见妈妈。妈妈，妈妈，妈妈，妈妈，妈妈妈妈妈妈妈妈妈妈妈妈妈妈妈妈妈妈……

黑暗笼罩了世界。

第三节课结束了。木崎老师刚走下讲台，戴着眼镜的文员就从教室前门探出头来。两人简单沟通过后，老师便一脸不耐烦地对深山秋乃招了招手。

“深山！你妈的电话！”

戴眼镜的文员从两眼深处投来睥睨的视线，随即消失不见。

秋乃从座位起身，周围几个同学都挂着无语的表情，仿佛在说：“又来？”

木崎老师把英语课本和学生们刚才课上交的小测验考卷夹在腋下，在走廊里迈着悠闲的大步，边走边说：“丫头，你也跟你妈好好说说。再这么下去，你还怎么安心上学啊？而且还会影响我们老师上课。”

前一句是多管闲事，后一句是歪曲事实。明明走路时故意挡在前面、横竖都是L码的老师才碍事呢。秋乃暗暗焦急，说了句“抱歉”，老师却假装没听见。

“老这样怎么行。你妈也真是的，做职业女性的楷模是了不起，但好歹是个女人，自己生的孩子总得自己照顾好吧。”

母亲有名字，叫深山静子。每次听老师一口一个“你妈”，秋乃都十分不爽。她也不喜欢这位男班主任用“丫头”称呼自己，说出“好歹是个女人”这种话就更岂有此理了。

逐一抗议也是浪费时间，这种蠢货只能随他去。不过她好像下意识把一小部分厌恶写在了脸上，只见木崎老师面露浅笑：

“抱歉抱歉，不管怎么说都是你自豪的老妈嘛，还是食品行业的女强人呢。”

在通顶设计的楼梯上，“女强人”这个词激起了分外清亮的回响，其中所含的讽刺与调笑，清清楚楚地浮现在残响之中。

老师顽强地挡在秋乃面前。

“听清楚了没？叫你妈以后不要这样了！”

“知道了。我会跟她说的。”

“接电话前记得跟文员老师问声好。”

老师冷笑着说教了几句，总算是让道了。秋乃沿着走廊，冲向正门大堂旁的办公室。

“站住！走廊里不许乱跑！”

木崎老师笑着喊道。

秋乃冲进办公室，只见眼前的办公桌上放着熟悉的电话，保留通话的指示灯正在闪烁。屋里所有人都没多看秋乃一眼，包括那位来教室叫她的眼镜文员。

这么不愿意替学生接电话，就允许学生在校带手机啊。每天一早没收手机，到了放学才还，我们做学生的也觉得麻烦得很。

秋乃说了一句“打扰了”，就拿起了听筒。

“抱歉久等了，我是秋乃。”

起初是秘书，短暂的机械声过后，母亲静子的声音传来。

“秋乃？啊，对不起呀。”

“是我对不起，等了很久吧？”

静子没回答，只是迫不及待地说：“春美又不舒服了，你能不能去接她回家？每次都麻烦你，真不好意思……”

还说今天她也跟学校打过招呼了。

“我这就去。春美在保健室吧？”

“嗯。”

“要带上干净衣服吗？”

“今天没吐，大概不用。要不要去医院，你问下保健老师吧。”

“好。”

静子沉默片刻后，又说：“不会影响你学习吧？”

“不会啦。真有困难我会说的，别担心。”

“对不起啊。”静子的声音轻了许多，“我已经在托人介绍保姆了，但很难找到合适的……”

“妈妈，上个月那个人是我不喜欢才让你辞掉的，忘了吗？”

“但也不意味着你要负责啊。”

“我不是这个意思啦。我挂了，回头再说。”

秋乃放下听筒。五分钟后，她已经带上所有东西，坐上了在学校正门口拦下的出租车。

还好当初选了这所学分制的高中。她告诉母亲自己的学业没受影响，这不是谎话，也不是在逞强。秋乃的成绩真的很优秀。

T 恤衫，牛仔裤，穿惯了的运动鞋。优先容量和实用性的牢固背包。二手店淘的表带松了的旧手表。除了淡淡的唇膏和防晒霜，什么都没擦的脸。在构成秋乃外表的所有特征中，与“十七岁少女”相符的，恐怕就只有发圈扎成的长马尾了。

七月中旬，关东地区总算看到了梅雨季的出口。不过今天有种堵在出口附近的感觉，天空被厚重的云层笼罩，一副随时可能哭出来的样子——春美肯定也是这副样子。

秋乃轻叹一声。

姐姐秋乃与妹妹春美的生日都是八月十日，年龄刚好差十岁。

明明是生在八月的女儿，却叫秋乃和春美。起出这种莫名其妙名字的，就是父亲。两次都是难产，耗了整整三十多小时，导致母亲产后卧床了很久；况且生春美那时候又是高龄产妇，母亲怕是也没余力提意见吧。

春美出生前，秋乃当了十年独生女。她问过父母很多次："我为什么叫秋乃呀？"

父亲答："因为这是爸爸喜欢的名字呀。"

母亲答："爸爸给你取了他喜欢的名字。"

后来有了春美，母亲在家休了一年产假，父亲却在同一时期频频消失。不久后，秋乃终于知晓了那个问题的真正答案。告诉她的人是静子的母亲，也就是秋乃的外婆。

"你出生的时候，你爸在外面有女人的，他给你取了那个女人的名字。"

原来"爸爸喜欢的名字"是这个意思。

"生你的时候是秋乃。这回是个春美。你爸就是爱拈花惹草。"

该说"万幸"还是"不幸"呢？秋乃几乎没感到吃惊。

那时候，父亲起初还会在周末回家，后来渐渐变成隔周一回，甚至隔月一回，与之同步的是和抱着宝宝的母亲静子的激烈争吵（静子在电话里单方面怒骂的情况除外）。在母亲休完产假回归职场的前一天，父亲为了跟春美同居彻底搬了出去。

自那时起，父母就一直处于分居状态。从正式协商到升级版口角，他们谈过好几次离婚。结果每次都因为父亲围绕女儿们的监护权和抚养费提出无理要求（"爸爸舍不得我的心头肉，可爸爸一个人的收入养不起你们啊"）而争执不休，以至于静子勃然大怒，拒绝再谈。只在五年前那次，他们差一点就成功协议离婚。

越想越觉得可惜。母亲的母亲明明一向身子硬朗，精神矍铄——

只要有人在听，她就乐意滔滔不绝地吐槽女婿的人品，以及被这种男人骗到的女儿的错。然而这样的外婆竟突然病逝，外公也因此一病不起，很快跟着亡妻去了——要是没有如此剧变，父母当时就离成了。

父亲错过了离婚的机会，也因此失去了他的“春美”。他口口声声说会离婚，却磨磨蹭蹭下不了决心，拖来拖去，就把情人的耐心拖没了。

饶是父亲貌似也受不了这样的打击，消沉了好一阵子。不过半年多后，他又有了新的（也更年轻的）邂逅，满血复活。两人打得火热，比起“春美时代”有过之而无不及。也许“破罐子破摔”说的就是他这种吧。

秋乃和春美每年只跟父亲见一次。就是两姐妹过生日的时候，一起在市内的豪华餐厅吃晚餐，同时收下提前发信息要的礼物。父亲很喜欢发信息，时不时就会给女儿们发两条。

“我是爸爸。今天天气真好。”

“我是爸爸。过得还好吗？”

都是这种内容简短的信息。如果家猫家狗会说话，大概也发得了。

虽然如此这般，秋乃的生活却很是平静。没了那个不能赚钱又好色的父亲，深山家的大船也就卸下了不稳定的货物，反而行驶得更稳定了。

母女三人居住的这座城市以静子的工作单位——某大型食品公司为中心，同时也是一座“学城”。托儿所、少年宫、图书馆等设施应有尽有，治安也好，居住环境可说是十分理想。

照木崎老师的说法，托了秋乃那“女强人”母亲静子的福，深山家的条件相当不错，所以请个保姆本是绰绰有余。然而在深山母女看来，保姆们不知为何，能干的必定性情刁钻，不能干的就只有人品过得去。因为这个症结，保姆就换得非常频繁，没保姆的日子还更多一些。这就不说了。

深山家是没什么大问题的。不，应该说“原本没什么大问题”。

跟秋乃当年一样，春美也是一岁开始上托儿所，上了小学以后，放学后就去学童托班待着。不过两姐妹的区别在于：秋乃小时候必须得等到母亲下班才有人接，春美却有姐姐接。秋乃习惯在放学路上顺便接春美，然后去超市采购。

秋乃没参加高中的社团，就是所谓的“回家社成员”，所以一放学就能去接妹妹。她也不放心妹妹独自回家，一起走自己也能放心点。不过春美一心想跟小朋友和老师多玩一会儿，赖到规定时间才走也是常有的事。

谁知风云突变，春美在学校待不下去了，托班也不能待了。她开始时不时说自己这里疼那里疼，甚至因为惊恐而面无血色，眼泪汪汪地逃回家里。天知道今天是秋乃第几次替忙碌的母亲去接妹妹了。

新学期刚开学的时候，春美还健康得很。五月中旬参加运动会的时候，她好像也玩得很开心。她是个文静却不内向的孩子，很讨人喜欢，即使当不了万众瞩目的人气之星，却也绝不是会讨人厌的类型。她在班里有玩得好的同学。她的成绩好，跟老师的关系也不错。校园生活对她来说，原本是非常快乐的。

然而从上个月初开始——七号或者是八号吧，就是春美第一次说不舒服那几天——才五六个星期的工夫，好端端一个孩子竟虚弱得一塌糊涂。

肯定是被欺负了吧。

母亲静子一开始就这么认为，而且态度强硬。毕竟当事人春美一口咬定：“没有任何人欺负我。”

“被欺负的孩子都不敢亲口承认。做家长的必须用心揣摩，理解孩子的处境。”

一般情况的确如此，所以校园霸凌才不可避免地带有悲剧色彩。为了不让父母担心，也为了保护自己的自尊心，被害学生会拼命掩饰，不愿正视现实。

但秋乃总觉得哪里不对。她并没有什么确凿的证据，只能说是姐姐的第六感。反正就是觉得不对劲。所以她创造了很多次机会，谨慎地选择不会伤到春美的问法。

“你到底在愁什么呀？”

秋乃想尽了办法打听，却仍是毫无收获。

“姐姐，对不起。”

每每谈到问题的核心，春美都会抛出这句话，然后闭口不言。

身体检查已经做过很多次了，结果都是“正常”，而且内科、神经内科和脑神经外科的医生都建议春美去做心理咨询。

但静子拒绝了所有人的建议。春美才没有心病呢！我是她妈妈，没人比我更清楚！

渐渐有雨滴落在出租车的车窗上，一大颗一大颗，还能听见“啪嗒啪嗒”的响声。

秋乃对司机说：“不好意思，开到学校后，能不能稍微等我一下？我妹妹要早退，我是来接人的，接了她就出来。”

“没问题。下雨了呀……”

司机年纪很大，声音沙哑，制服帽下露出的短发几乎全白了。

“你妹妹是不是哪里不舒服？要不要去医院？”

“不用，直接回家就好，在二番町的税务局附近。”

“好嘞，知道了。”司机回答，“学校正门白天不开吧？我把车开到东边小门好吗？”

“嗯，麻烦您了。”

东边小门装了对讲机，连通办公室。

"师傅，您知道得真清楚呀。"

"我有三个孙子，都在这个学校。"

说是一个一年级，一个三年级，一个六年级。

"我妹妹上二年级。"

雨点后的砖色小学校舍映入眼帘。校舍共三层，头顶古色古香的钟楼，四周是精心修剪过的森林与绿地。

"三个是三个，可到底是孙子。所以我平时也不太来学校的。还不是上个月那个乱子嘛。那天我是真慌了，急急忙忙赶了过来。"

啊……原来是这样。秋乃用力点头。

"我那天也是，快被吓死了。"

白发司机苦笑道："据说可是难得一遇的事，竟然掉了那种吓人的东西。"

还记得那是六月三日，下午一点多。快要入梅时的万里晴空中，那个"吓人的东西"突然就掉了下来。

据说每年平均有两百多颗陨石从宇宙落到这颗名叫地球的行星上。其中 99% 会在进入大气层时在同温层燃尽，在被一小部分因工作或兴趣观测天体的人看到后，就此灰飞烟灭。

而剩下的极少数例外会在空中上演华丽的大戏，教地上的普通人也大吃一惊。飞到秋乃一家所住的这个地区，并几乎从春美就读的小学正上方通过的陨石，就是这极少数之一。

这颗陨石的主体形似被尘土弄脏的冰块。因为通过大气层时产生摩擦烤化了冰块，所以陨石在空中解体，并没有撞击地面。但即便如此，它也不是完全没对地表造成影响。

秋乃没能亲眼看到这一幕，只是事后看了新闻录像而已。不过那极具特征的高亢摩擦声，还有那拖着长长的尾巴划过低空的模样，的的确确就是传说中的扫把星。它释放的冲击波化作特大台风级别的狂风，横扫大地。

陨石所经之处，楼房玻璃大片龟裂，还有人被突如其来的狂风掀翻在地受了伤，甚至有人出现了暂时性听力损伤。

不过正如出租车司机所说，更要命的是天体大戏掀起的骚乱。各种消息满天飞，天知道哪些是事实，哪些是谣言。秋乃之所以吓得面无血色，急忙赶往学校确认春美的安全，也是因为看到网上有人说，陨石擦着小学校舍落在了附近的森林，造成了火灾，而且火势蔓延迅速。

“我当时还人听说，从天上掉下来的不是陨石，是飞碟呢！”司机缓缓右拐，朝学校小门驶去，忍不住笑了几声，“还说什么外星人马上就要打过来了。我家小孙子当了真，当场就吓哭了。”

春美那天并没有哭，也不是很害怕。她和同学们一起为难得一见的奇景或者说“重大事件”激动不已，看得那叫一个起劲。回家坐定后，她还笑着说：“流星不吓人，姐姐顶着一张妖怪似的脸冲过来才吓人呢。”

秋乃下了车，冲向小门，用对讲机联系办公室，直到被放进学校，一共花了两分三十八秒。她全程盯着表，肯定没错。这下可好，浑身都浇透了。

高中的文员不过是帮着接了一下母亲的电话，就一脸“净给我找活儿”的样子，一个劲儿甩脸子。所以小学的文员厌恶时不时麻烦她的深山姐妹，并主动刁难，也就没什么好奇怪的。这些人的心思，秋乃明白得很。

可做到这个地步未免也太过分了。这么欺负小孩子，哪里还像个大人。

被雨淋湿的 T 恤衫变了颜色，牛仔裤也沉甸甸地缠在脚上。运动鞋进了水，踩在地上发出“吧嗒吧嗒”的响声。前面带路（准确地说是为了监视她才跟着）的是一直接待她的文员，刚到保健室跟前对方便开口道：

“地板都被你弄得一塌糊涂了，回去之前记得用拖把拖干净哦。”

说完文员的嘴角浮现出一抹若有若无的浅笑。

恶魔。

保健老师很心疼秋乃，立刻借了条浴巾给她。秋乃擦了擦湿漉漉的脸，在心中激励自己：振作点！不能顶着没精打采的脸见春美！

“久等咯，姐姐来啦。”

秋乃用愉快的口吻说着拉开床帘，只见春美裹着毛毯，抱膝坐在保健室的病床上。消瘦的脸颊。单薄的肩膀。身上的黄色条纹衫显得空荡荡。春美的体型本就苗条，这一个月里又瘦了许多。

然而此刻春美还想让自己再小一点。她把身子蜷到极限，仿佛只要小到谁都察觉不到就可以放心了。

在那张血色尽失的脸上，唯有眼睛如满月清辉一般。春美的嘴角动了动，但没有发出能听得清的声音。但秋乃听懂了。春美说的是：“姐姐，对不起。”

秋乃呆若木鸡。

这孩子怎么跟难民似的。

她不光没法在学校待下去，甚至连这个世界都快待不下去了。她在逃，却不知该逃到哪里。无处可去。

我该怎么帮她？我可以为她做什么？难道她真得了某种奇怪的重病？

想哭。

不行。当姐姐的怎么可以灰心？除了我还有谁能做她的后盾呢？

秋乃把挂在肩头的浴巾往头上一套，遮住险些失控的脸。她马马虎虎地擦着头发，同时发出快活的声音：

“真讨厌，淋成落汤鸡了。春美你带伞了吗？”

所以秋乃没看到。保健老师也没看到，因为她正背对着病床，忙着找给秋乃换的T恤衫和上衣。就差了那么一点点，于是两个人都没看到那一幕。

那一刻，春美浑身一颤。仿佛拼命鼓舞自己、激励自己一般，把小手按在胸口，自言自语着。

“别怕，不可怕的。那是姐姐呀，不可怕的。”

“春美要转学。”静子今天回来得也很晚，晚餐也已经在外面吃过了，“我明天下午请半天假，找学校商量一下。”

母女俩喝着脱因咖啡，并排坐在厨房吧台边。秋乃对着母亲的侧脸笑道：“要是你这么凶神恶煞地杀过去，那就不是‘商量’而是‘谈判’了。”

“哎哟，那正合我意。”

静子侧着上半身，把脸转向秋乃。跟春美说话的时候，母亲永远都自称“妈妈”。但是对着秋乃的时候，她会时不时说“我”。

“那些老师放任不管，眼看着春美憔悴成那个样子，女文员还故意刁难你。搞什么啊？学校不是公共机构吗！”

“学校是教育机构啦，只有公立学校才是公共机构。”

“别偷换概念，教育工作者和在教育机构工作的人总得有点给学生当表率的尊严吧。”

好不好看无所谓，但必须清白正直，是公正又热心的人。

秋乃嗤之以鼻。

“他们只是普通人啦，妈妈。既没这种尊严感，又嫌麻烦，只想尽可能偷偷懒。只要不跟这两个前提矛盾，就会去刁难自己看不顺眼的人。就这么简单。”

静子看了眼秋乃的脸：“这话好愤世嫉俗啊。”

“有吗？我要是真愤世嫉俗，肯定会先说你绝对不可能早上请到下午的半天假。”

“哟，这你就放心吧，因为我刚搞定一个研发项目。”

母亲极少在秋乃面前开玩笑。

“真的？”

“当然。所以今天才弄到这么晚，而且还有点醉，因为红酒喝多了。”说着她摆出一副醉鬼的样子，呼出轻浮的鼻息，“反正我明天一定要去学校，狠狠说说他们。”

“好，那就交给你了。要给春美请假吗？”

“嗯，不能让她再去那种学校了。”

“那明天我也请假好了，跟她一起看家。”

不等静子开口，秋乃便补充道：“正好在家理一下拿到的学分，想想要补哪个课。”

“那不是更该去学校吗？”

“妈妈，这点小事网上就能搞定的啦。”

秋乃哄睡了喝醉的母亲，泡了个澡。回房间一看，父亲竟发来了信息。

“难得碰上这么清朗的夜空，星星可美了。爸爸的小明星们过得还好吗？”

早知道就该直接删掉，看也别看。

两姐妹的房间是面对面的，隔着一条狭窄的走廊。春美的房门稍稍开着，平时用来学习的平板电脑放在书桌上，来信指示灯正在闪烁。

他根本不知道春美一天比一天憔悴，也不知道秋乃有多焦虑。哪怕姐妹俩出了事故什么的突然死了，只要静子不通知，他恐怕也什么都不知道。明明平时根本不会把女儿们放在心上的。

还“爸爸的小明星”呢。趁春美没看见，赶紧删掉这种无聊信息吧。

秋乃蹑手蹑脚地走进屋里，靠近书桌。这时，她感到了一股强烈的视线，仿佛有人对准她打了一束光，那感觉清晰得教她背脊发凉。

床上的春美已经睡着了。她的脑袋埋在巨大的枕头里，薄被在脚边卷成一团。

春美是趴在床上睡熟的，呼吸又匀又长。

她都没有面朝秋乃。那刚才的视线又从何而来?

秋乃不禁抱住自己的身体。可能是因为室温升高了，原本停着的空调自行启动。习习凉风，吹得书桌角落里的折纸长颈鹿和狮子沙沙作响。

她轻手轻脚，倒退出妹妹的房间。穿过走廊回到自己的房间后，后退的动作仍未停止。

真奇怪。

秋乃试着笑了笑，却还是不想转身背对门口。

母亲静子昨晚说的那番话竟不是酒精作用下的乱夸海口。出门上班后没多久，她便发来了一条信息。

“半天假到手。跟春美的班主任和年级组长说好了，三点见。还准备见一下校长。祝我旗开得胜吧。”

秋乃与春美一早便享受起了美好的翘课时光。她们竟然没有睡懒觉。秋乃做了法式吐司，春美吃得可开心了。好久没看到妹妹大快朵颐的模样，秋乃的心里也不由得晴朗了几分。

“午餐随你点哦。想吃什么？”

春美露出略显腼腆的表情，回答：“比萨。”没问题。

“好嘞！晚餐让妈妈请客，我去定‘蓝湖’的位子。”

那是本市的一家高档餐厅，人气很旺。

“这样好吗？”

春美十分体贴母亲，跟小大人似的。她本就是个聪明孩子。

“没关系啦。听说妈妈刚忙完一个大项目，昨天就是因为参加庆功宴才晚回家的。妈妈忙工作的时候，春美一直乖乖的，让妈妈奖励一下也没什么不好嘛。”

“姐姐呢？”

“我当然也要奖励啦。来一份顶级肋排好了。”

先打扫卫生，再开洗衣机，同时刷鞋。春美给种在小院子里的花草树木浇了水，还帮忙拔了些杂草。也许是法式吐司吃尽兴了吧，她的心情好像不错，脸色也不错。

忙完之后再一起出门采购。秋乃提着硕大的购物袋，里面装着囤的食材和今天的点心。春美捧着纸盒，里头的比萨热气腾腾，撒了足量的芝士，是她最喜欢的口味。两人有说有笑，往家里走。

忽然，秋乃冒出一个念头：春美休假的这段时间，我也一直请假算了。在家自己用功也可以；如果能这样陪着春美，干脆留级也没关系。不用天天去学校，也就不用依赖保姆了，自己可以承包所有家务。这样一来，就能给春美和妈妈做些像样的饭菜了。

秋乃走进厨房，打开吧台尽头的小电视。现在是午间新闻的时间，她想看看天气预报。

电视刚启动，便传出了女主播分外紧张的说话声。

“……重复一遍。今天上午十一点左右，在西东京市的 JR 中央线十丈町站内发生了一起无差别伤人事件。嫌疑人仍然在逃，并携带作案时使用的刀具。目击者称刀具形似大号猎刀……”

如果坐 JR 的话，十丈町站就是离深山家最近的车站，公交车过去只要十多分钟。

自己家附近竟然发生了持刀伤人案。秋乃伸手调高了电视音量，春美正站在放零食的储藏柜前，也回头望向了电视。

车站周边的地图出现在了电视屏幕中，上面标有红色的箭头。女主播指着地图继续说道：“如箭头所示，嫌疑人逃往西南方向。嫌疑人为男性，年龄在二十岁到三十九岁之间，身高一米七左右，身着黑色运动服，头戴黑色露眼帽。”

十丈町站的西南方向，正是深山家所在的这片街区。

画面切换到案发现场。秋乃瞠目结舌，春美紧挨着姐姐。

“太惨了……”

十丈町站的站厅相当老旧，清水混凝土的中心广场暗暗的，总有哪里在漏水。感觉就算早上看去也是一片昏黄。还有好几个人倒在地上，正接受医护人员的紧急处理。那些骤然出现在无机质墙壁上的杂乱纹路肯定是血迹。

脱落的鞋子，被踩瘪的包，骨架扭曲的伞。都是突如其来的惨剧留下的爪印。

“目前有三人确认死亡，另有十一人受伤，其中五人伤势严重，昏迷不醒。有关部门正在确认死伤者的身份——”

春美的手指握住了秋乃的手：“妈妈应该没事吧？”

“当然没事啦，十一点那时候她肯定还在公司呢，而且我们从来不坐 JR 的呀。”

因为私铁的车站离深山家更近，走过去只要两分钟，所以母女三人平时都去那边坐车。

即便如此，秋乃还是掏出牛仔裤口袋里的智能手机看了一眼。母亲静子并没有联系自己。

“妈妈大概还不知道出了这么件事。”

“这样啊……”春美总算点了头。

“不过春美，这个犯人还没被抓住，所以姐姐现在得去把门窗锁好，你帮忙收拾下厨房好吗？”

“嗯。”

深山家所在的片区是某大型房地产开发商二十多年前开发的新兴

住宅区。毕竟是人造的城镇，街道十分齐整。住宅的设计各有千秋，有的附带漂亮的开放式草坪花园，有的却跟要塞似的四周围着混凝土墙。

这里白天人很少，居民们不是去上班，就是去上学。深山家左右两边的人家，以及隔着后院的那户人家，在工作日白天也是没人的。再旁边、再后面的人家，大概也差不多。

在那个犯人落网之前，总归小心些为好。秋乃确认大门锁好了，还挂上了防盗链。窗户都上了锁，有百叶窗的地方也都拉下来了。浴室的推拉窗也关好了。

回到厨房，只见春美坐在凳子上，目不转睛地盯着电视。

“姐姐，你的手机一直在响。”

朋友们纷纷发来信息。大家都知道深山家离案发车站不远，而且犯人往这边逃了，既担心又兴奋。

就在秋乃看信息的时候，母亲打来了电话。

“秋乃？你在哪儿？春美呢？”

母亲的声音里尽是惊慌。

“别担心，妈妈，春美跟我都在家里。我们刚看到新闻，才检查过门窗。”

母亲在电话那头瘫坐在地的模样仿佛就在眼前。

“我在陪一个小同事参加内部报告会，根本不知道有人在车站乱砍……”

“我们也是买完东西回家开了电视才知道的。”

“家附近没有吵翻天吗？”

“嗯，跟平时一样，可安静了。”

“那也不能放松警惕哦！”

“知道了啦。我们都窝在家里呢。要换春美来听吗？”

春美此刻并没有坐在凳子上，而是站在厨房的小窗跟前。用来采光和排烟的小窗比春美的头还要高一点。只见她踮起脚，伸长了脑袋向外张望。

“抱歉，没时间了，马上要开会了。”

秋乃听见电话那头有人对静子说了几句话，背景吵吵嚷嚷。

“辛苦啦，妈妈你也小心点哦。去春美学校的时候记得打车。”

“嗯，我会的。”

打完电话，秋乃对妹妹娇小的背影说道：“是妈妈打来的，她都快担心死了。”

春美没有回头。她抓着小窗的边框，专心致志地看外面。

“春美？”

望出去明明只有隔壁人家的灰墙啊。秋乃轻轻弯腰裹住春美的背脊，把脸凑向窗口。

说时迟那时快，某样东西从鼻尖扫过。

是人手！分明是手指掠过了窗玻璃！秋乃触电一般后退。窗玻璃上还留着手指擦过的痕迹，红黑色的线条——

是不是血？

“春美，快走开，别看！”

秋乃推开春美，把脸贴在玻璃上往外看。

窗外是深山家与邻居家的缝隙，大约数十厘米宽，地面铺着清水混凝土。缝隙两端分别装有两户人家的煤气表和水表，平时会有抄表员进来，所以没装栅栏。小孩子可以轻松从表下钻过去，哪怕是大人，只要够苗条，也能勉强穿过。

此时此刻，就有人倒在那缝隙中。秋乃能看见运动鞋的鞋底。难道是趴着的？头在另一边。身上穿着看起来相当破旧的黑色运动服——

刹那间，心脏险些停跳。

这人……会不会是正在逃跑的杀人犯？

秋乃冲出厨房，跑向客厅窗口。穿过那扇窗走到院子里，就能到两栋房子之间了。

但她在关键时刻改了主意。也许这是个陷阱。也许那家伙在等她大意接近。

秋乃转身冲上楼。厨房正上方是母亲静子的房间。面朝邻居家的那面墙上，有一扇竖长的上下提拉窗。

透过那扇窗俯瞰正下方时，秋乃的呼吸都差点凝固了。

只见一个年轻男人扭着身子蜷缩在缝隙中，正面朝下倒地不起，黑色的运动服下已是一片血泊。刀就落在他的左手边，是一把粗大的猎刀。头上并没有戴露眼帽，也许是在半路上摘了。

莫非他在车站前大开杀戒时受了伤？然后一路逃到这里，用尽了力气？

还是说，他动手捅了自己？

好多血啊。血泊已经扩大到了头部周围。肯定没救了。不过话说回来，这可真是无妄之灾。为什么他要在我们家旁边做这种事啊？

“抱歉。”

春美的声音从身后传来。秋乃用自己的身体挡住窗户，面朝窗外对妹妹说道：“春美，别怕。不过你最好别看。姐姐这就打电话报警，没事的。”

不知道该怎么解释才好。也许什么都别告诉春美才是明智的。

“你先下楼吧。比萨是不是凉了？能不能帮姐姐热一下？”

不远处响起春美的声音。

“那个人会来这里，是因为他体内有我的同伴。同伴是为了讨论该如何处理那个人才来见我的。”

的确是春美在说话，但毫无抑扬顿挫的调子实在太奇怪了。明明是春美的声音，却一点都不像春美。更何况，这生硬的口吻又是怎么回事？

“然而，还是迟了一步，”那个声音继续说道，“那个人已经死了。非常抱歉，给你添麻烦了。”

秋乃缓缓回头。

春美就站在她眼前。右脚勾住左脚，双手在背后相握。只有不到七八岁的小女孩才能站成这样。独自站着的时候，春美也经常摆出这样的姿势。

她保持着熟悉的站姿，却操着那分外沉稳的音色，用分毫不似春美的淡定口吻说道：“抱歉吓到你了。不过春美是安全的，你也是。我和我的同伴都不想伤害你们。一切都是意外。”

“……啥？”

秋乃好容易才憋出这一个字，只恨自己太没出息。

“坐吧。”

春美扭动着身体，怎么看都只是个犯了愁、耍小性、难为情的七岁小女孩。然而她继续说道：“我是一个外来者，借用了春美的身体与你对话。我从外太空来到这片星域开展调查，意外惊扰到了你们，我深感抱歉。”

这个用冷静的语气连连道歉的家伙——

是外星人？

我当时还听人说，从天上掉下来的不是陨石，是飞碟呢！

如果将热心的出租车司机提到的“飞碟”定义为“外星人的交通工具”，那他听说的就不是谣言，而是真相。

还说什么外星人马上就要打过来了。

眼下……姑且还没打过来。

春美稍稍后仰靠着墙，一副无所事事的样子。这也是很像七岁小女孩的姿势。

问题在于她说出来的话。声音的确是春美，说话的却是别人。

“那是一艘小型勘探船。”

勘探船执行的任务是开拓新的行星航路，调查黑洞生成的迹象。据说它们并没有刻意寻找有生命体的行星。

“我们不仅没有刻意寻找，还将勘探船伪装成了陨石。如此一来，即便在勘探途中经过了有智慧生命体存在的行星，对方也不会发现我们是生命体。”

谁知勘探船因为机械故障坠毁了，引发了那场骚乱。两名机组成员在爆炸前逃离飞船，就此着陆。

着陆在了这颗星球，这个国家，这座城市。

而且偏偏落在春美就读的小学附近。

“哦，是吗。”

秋乃坐在母亲的床上，双手放在膝头，毕恭毕敬地坐着。不然呢？

“非常抱歉。”春美体内的另一个人再一次道歉。

另一个人。会不会是春美的另一个人格？天哪，真是这样该怎么办啊……

春美体内的另一个人继续说道：“我们是没有固定物质形态的精神生命体，但个体之间都有差异，这一点和你们没有区别。性格与思维各不相同，所以行为特性也因人而异。”

“哦，是吗。”秋乃还是这句话。

当初就该送春美去做心理治疗。不，干脆找儿童精神科医生给她看看吧。

“姐姐……”

秋乃心中一凛。这一声呼唤并非出自“另一个人”，就是原本的春美在喊她。

“我没病，没有不正常。”

春美试图靠近秋乃。然而见到姐姐下意识缩成一团，春美便停住了，委屈得仿佛马上就要哭出来。

“是真的。”

春美依然哭丧着脸，却用回了“另一个人”的口吻。熟悉的声音淡定地说道：“请你相信春美。我很清楚，自己留在春美体内——逗留在她的大脑活动生成的电能之中会对她造成负担，只是——”

“那就赶紧出去啊！”

秋乃整个人弹了起来，一声大喊，床垫的弹簧嘎吱作响。

“给我立刻滚出我妹妹的身体！”

要喊得铿锵有力还挺难的。秋乃的喊声走了调，破了音，听着只觉得滑稽，缺乏紧迫感。

“姐姐……”这一回，春美谨慎地留在墙边，并不靠近秋乃一步，“你听我说，我的朋友随时都能出去，是我让它留下的，是我求它多待一会儿的。”

这家伙，是不是说了什么奇怪的话？

“春美，你说什么？”

春美顿时面无血色，畏畏缩缩，双唇瑟瑟发抖。

“要是朋友不在了，我会很寂寞……我不想一个人孤零零，所以才想让它陪着……”

秋乃目瞪口呆。

“你管这个外星来的莫名其妙的精神生命体叫什么？”

“姐姐，你别生气……”

“你说啊，你管它叫什么！”

朋友。而且她还说，朋友不在了会很寂寞。

秋乃都能听出自己的声音在发颤。她是那么生气，那么难过，那么悲伤。

“春美，你肯定出问题了，得让医生好好看看。太可怜了。姐姐对不住你，应该早点带你去医院看看的。不过你放心，只要让专业的医生看看，你一定会很快好起来的——”

春美竟一个转身，举起小小的双手捂住耳朵，撒腿就跑。

“站住！春美！站住！”

秋乃连忙追赶年幼的妹妹，春美势如脱兔，两姐妹一前一后，冲下楼梯。

秋乃用自己最大的音量喊道：“你给我站住！跑什么啊？这么不听姐姐的话吗！姐姐无时无刻不是为了你——”

就在这时，战栗扫过后背。

不是寒战，而是某种电流般清晰而剧烈的冲击从脚下一路向上，直捣头顶。

秋乃停下脚，伸手去扶近处的墙，想撑住摇晃的身体。谁知手才碰到墙壁，指尖就迸发出了火花，吓得她惨叫着跳开。

“抱歉，我们好像会在你们的身体上产生类似静电的现象。”

声音从脑海深处传来。

不，准确地说，那不是“声音”。想事的时候，没人会在脑海中“说出声”。哪怕不说出声，人也会把自己的所思所想理解成声音。

但刚才的声音非比寻常。那不是秋乃的念头，听上去却仿佛是秋乃的“声音”。

“留在拥有肉体的其他生命体内时，我们无法操控自己所在的肉体。”

秋乃身体前屈，双手捂嘴。

“所以我们也无法控制你的行为。但我认为，为了让你在这儿听我们解释，这是最有效的做法。”

外星人也钻进了我的身体。

春美从走廊尽头探出脑袋。她还是很怕秋乃，抽抽搭搭。从她嘴里说出来的话却十分冷静。

“对不起，秋乃，此刻在你体内的就是我的同伴，之前在外面那个人体内的。”

秋乃简直快吐了。她双膝一软，瘫坐在地，蜷起身子。

“逃离勘探船后，我们讨论了一下接下来该怎么办。按这颗星球的算法，来自母星的救援队要五十多天才能赶到，我们要如何度过这段时间呢？”

它们是没有肉体的精神生命体，不用担心被抓。至于能量，可以通过电力补充。

“我们认为机会难得，决定再深入调查一下这颗星球上最繁荣的生命体‘人类’和他们构筑的文明。”

在刚开始的几天里，它们谨慎地观察了这座城市和人们的生活状态。

“后来，我决定停留在儿童，也就是孩子体内。孩子在名为‘学校’的场所接受基础教育。只要跟着孩子，我就能一起学习这颗星球的社会的基础知识。而且孩子的想象力往往比较丰富，我觉得会更容易接纳我这种异类。”

“我对这点有不同看法，”秋乃脑海中的“声音”说道，“孩子胆小，感情用事，不够稳重。我认为成人才是更合适的落脚点。”

不知道这些外星人有没有性别之分，总觉得春美体内的那个更偏女性，而秋乃体内的更偏男性。

这个念头刚冒出来，对方就有了反应："我们没有性别之分。如果你觉得我们和你沟通时使用的语言，或者说遣词造句存在性别差异，那肯定是因为我的同伴的语言是通过春美学习的，而我的语言是通过倒在外面的那个男人学习的。"

"——谁管你们这些……"

秋乃咕哝着支起身子，恶心想吐的感觉好不容易压住了。

"但是从结果看，我的选择好像更明智。"春美保持着从走廊尽头探出脑袋的姿势，"我成了春美的朋友，而我的同伴失败了。"

秋乃脑海中的"声音"沉默不语。

只觉得心底嗡嗡作响，浑身发冷。

"既然这么说，那浑身是血死在外头的那个男人拿刀在车站砍人这事，是跟你们有关的咯？"

这回，连春美都沉默了。

秋乃厉声道："我就不绕圈子了。是不是因为你们钻进了他的头，害他发疯了，所以他才见人就砍的？"

"姐姐好可怕……"春美带着哭腔说道。

秋乃抓着墙壁站直："我也怕啊，春美，所以我才要问清楚啊。"

春美原地蹲下，双手捂脸，然后用不带感情色彩的声音说："我们深感遗憾。"

春美的"朋友"说，它们虽待在脑袋里，却无法操控身体，这话应该不假。刚才这会儿不管"朋友"在说什么，春美都在由着自己的性子做着孩子气的小动作。

这就意味着，暴行的确出于凶犯的意愿。而且他还在行凶后自杀了？

"我们是精神生命体，"春美的"朋友"继续说道，"所以我们不能像你们那样，靠视觉辨认对方。我们的外界认知系统基本上只能区别精神与物质，非常简单。”

这话还是听得懂的。所以呢？

“因此一旦遇到这种紧急情况，需要进入其他生命体时，我们就会在生命体原有的认知系统的基础上，援用我们这套简单的系统——”

“朋友”是没有肉体的“精神”，所以他们感知到，并通过人类宿主的视神经与掌管大脑视觉系统的器官展现给宿主的，自然也是“精神”。

“简而言之，一旦将我们的外界认知系统叠加在你们人类的视觉系统上，你们就能通过视觉感知到周围其他人的心性，虽然只是暂时性的。”

届时，肉眼看到的将不再是身形容貌，而是心。

“无论是那个男人还是春美，貌似都频繁‘看’到了骇人的景象—”

“这不是废话吗！”

秋乃懂了，愤怒同时决堤。她嘶吼着一拳砸向墙壁。

“春美在学校被欺负了啊！老师又冷淡又一点儿都靠不住，文员的心眼还特别坏！”

把那些人的“心”转化成肉眼可见的景象，肯定是可怖的妖魔鬼怪啊。

所以春美才憔悴成那样，虚弱得一塌糊涂。因为上学就等同于把她扔进了一群妖魔鬼怪之中，所以她才会逃回家啊。

秋乃脑海中的“声音”说道：“我进入的那位好像一直承受着巨大压力。他对这个社会满腔愤懑，脑中时常浮现暴力幻想，所以——”

在他眼里，四面八方尽是怪物。他惊慌失措，最后竟开始无差别伤人。

“我曾试着开导他，告诉他人心并非固定不变。也许此刻看似怪物的人，到了明天就是另一副模样。而且你看到的怪物，其实是你自身心性的反映。”

人并不是用眼睛看到东西的。将视神经捕捉到的信号转化成影像的是大脑，而大脑正是个人的世界本身。所以出现在大脑外的怪物，不过是原本在大脑内的怪物的镜像。

“说这些废话糊弄他有什么用？为什么不早点离开？”

逃到这个陌生的地方，夹在两栋陌生房子之间，血流如注，一命呜呼。倒在屋外的男人，原来是个可怜的牺牲者。

秋乃脑海中的“声音”好像也轻了几分，细了几许。

“因为他的思维严重混乱，即便我离开，怕是也无法立刻恢复。那样不就等于抛弃他了吗？所以我决定留下，并设法平复他的混乱。”

“同伴想带他来见我，让我帮忙劝导。出事的时候，他正在来这儿的路上。”春美说道。

秋乃终于还是没忍住泪如雨下。春美好可怜啊，她只觉得心如刀绞。

“都是借口！我不想听你们的歪理了！算我求你们了，快出去吧！”

秋乃沿着走廊踉踉跄跄回到客厅。得赶紧报警，死在外面的男人总不能一直撂着不管。

“赶紧离开春美！也滚出我的身体！在救援来之前，你们就不能别给人添麻烦，随便找条野狗待着吗！”

她拉开蕾丝窗帘，想打开去院子的拉门。由于太慌张，手臂一时间使不上劲，却看到了玻璃上自己的倒影。

没错，是秋乃的身影。今天她穿了白色 T 恤和毛边牛仔裤，头发用发圈扎成马尾。

本该是如此的。可这是什么？

倒映在玻璃上的这个东西，是什么？

这是秋乃的心。

一坨没能成人的丑陋原生质。

一堆人身化成的淤泥。

却长着骇人的獠牙。

却披着恶心的鳞片。

单是形似手臂的玩意，就长了好几条。

“假的！”

像要全部抹去一般，秋乃大喊一声，撒腿就逃。她撞到了客厅里的沙发，撞到了墙，在走廊摔了一跤，爬起来冲向玄关。她想离开。她想出去。

她光着脚跳下走廊，踩在门口的三合土上。鞋柜旁的全身镜里出现了自己的身影。

秋乃猛地把头后仰，弯腰挺胸，再次爆发出刺耳的尖叫。

这时，房门突然开了，有人冲了进来。

“秋乃！这不是秋乃吗？你怎么了？”

来人用力抓住秋乃的双肩。是爸爸！为什么爸爸会出现？

父亲穿着白衬衫和格纹夹克。刘海只白了一小撮，本人对此十分满意。小麦色的皮肤并非因为成天打高尔夫，而是去美黑沙龙用更健康的方式晒出来的。

然而此刻，他的面容却黯淡无光，眼角的皱纹很深，好像非常惊慌。

“我看到新闻魂都吓没了，赶紧过来看看。吓坏了吧？春美在哪儿？”

……爸爸。

看起来很正常。不，轮廓好像有点歪曲。在台风或炸弹气旋接近时，卫星电视的画面偶尔会延迟，此刻的父亲就有点像那时候的画面。他的面部、肩头和胸口等位置时不时会扭曲一下。

但仅此而已。他并没有变成怪物。

……为什么？

自私自利，巨婴，浮躁，好色，大手大脚，没找过一份正经的工作，日子过得却不错，因为总有女人养他。妈妈一直拖着不离婚，也跟养着他没什么两样。

为什么这样一个男人，看起来却这么正常？为什么他没有变成妖魔鬼怪？

“秋乃，清醒点！春美在哪儿？”

秋乃推开父亲，冲出门外。

跑，跑，跑。跑向春美的学校。不靠谱的班主任，爱刁难的女文员，欺负春美的同学们。他们肯定都变成了怪物，变成了妖魔。否则就太荒唐了！

然而，秋乃错了。

回去之前记得用拖把拖干净哦。

面露冷笑的女文员脑袋胀得硕大，身体扁扁平平，但仅此而已。现在刚好是下课时间，操场和走廊挤满了孩子。他们中的大多数也都是正常人，不过就是有的头变小了一些，或是长出了尾巴似的东西。肉眼捕捉到的变化就这么一点点。

“哎呀，秋乃，你也来啦？”

一只手搭在秋乃肩头。回头望去，原来是妈妈。妈妈，我还想问呢，你怎么会在这里？你跟春美的班主任在一起吗？

“我刚跟老师聊完，也想听听你的意见。”

班主任胸口开了个大窟窿，双眼空洞无光。

可是，妈妈她——

妈妈的脸是怎么回事？

妈妈，为什么你的牙都掉光了？那个邋里邋遢耷拉下来的下巴是怎么搞的？

妈妈，为什么你这么伤心？这么难过？为什么你要用这么冷淡的眼神看我？

“不要，不要不要不要，不要啊！”

秋乃甩开母亲静子的手，再次狂奔起来。她都不知道自己身在何处，该往哪里跑了。只是光着脚，仿佛在空中飞行一般。

“喂，深山！”

是木崎老师的声音。秋乃一个急刹车，整个人往前倒去。只见木崎老师把教科书和一叠考卷夹在腋下，站在楼梯上俯视着秋乃。这里是秋乃就读的高中。

“课也不来上，瞎跑什么呢？你最近生活简直一团糟啊，是不是找男人啦？”

犹如蒸腾热气般的情绪席卷而来，刮得秋乃头晕目眩。

你说啥？一个愚蠢的厌女症患者，竟然恬不知耻地摆出为人师表的样子来了。

谁都知道你老是色眯眯地看女生，总是偏袒美女，最喜欢欺负性格软弱的男生，甚至知道你擅自偷看替学生保管的手机。

可为什么呢？为什么这家伙看起来还是人样？尽管满脸通红，脚粗得跟野兽似的，可也仅此而已。他竟还是人，不是怪物，不是他该变成的那种怪物。

不是秋乃那种怪物。

木崎老师沿着楼梯往下走。秋乃转身要逃，却撞到了人。

是那个眼镜文员，正好脸对脸。也是人。虽然顶着一双死鱼眼，却是个人。那人抓着秋乃的肩膀，体温丝丝传来。秋乃浑身发抖，大声喊道：“别碰我！”

为什么不是怪物？他们明明都那么讨厌，那么蠢，那么坏，为什么看起来不是怪物！

“姐姐。”

回过神来，竟已回到了自家院子。不知不觉间，天下起了小雨，打湿的发丝凉凉的。

春美站在客厅拉门后，额头紧贴着玻璃，哭丧着脸。

秋乃听不到她的声音。但她心中所想化作语言，直入秋乃的脑海。

“姐姐……一直是怪物。”

其他人总有些许改变，一天一个样，因为人心本就会变。

可姐姐一直都是怪物。

“我最怕姐姐……”

想回家，却最怕姐姐。姐姐比谁都可怕，比任何人都可怕，这让她无比伤心。

秋乃踩着湿漉漉的泥地，摇摇晃晃地往前走。

为什么？

明明一直这么努力。

一心只想帮妈妈减轻负担。

只想保护好春美。

哪怕爸爸是那副样子，我也告诉自己，好歹是他的女儿，不能讨厌他。

看到不喜欢的老师，我也告诉自己，得给人家一个好脸色。

我还告诉自己，满大街都是傻子，不能跟他们一般见识。碰到一点小事就生气是浪费精力，别当回事才最明智。

对待他人要彬彬有礼，热心亲切。哪怕对方的回应无理又刁难，也不能被他们带坏。

我一直都很拼命。

努力走正道。

想做一个好人。

也觉得自己应该做一个好人。

我明明忍了这么久，这么久。

一身黑色运动服的男人依然倒在两栋民宅间的缝隙里，头朝这边，脚对那边，扭着身子，仿佛在做拉伸似的。

身下的血泊已经开始凝固。雨滴落在那片血迹上，逐渐渗入被置之不顾的遗骸。

秋乃蹲下身，抬起他那颗面朝下的头。头发湿了，太阳穴也沾到了雨，手里直打滑。

你是怪物吗？

你看到的怪物，其实是你自身心性的反映。

这个世界因心成形。

秋乃费尽力气把人抱起来，转向自己。这个无差别伤人的男人心头的窟窿映入眼帘。

窟窿有两个。就在本该是眼球的位置。

他的双眼被挖掉了。

秋乃放声大哭。

“小姐！”

车喇叭发出短促的响声。

秋乃一跃而起。

此刻她坐在出租车后排，窗外下起了雨，春美小学的小门出现在车侧面。

驾驶席上的司机转过身来看她。

“啊……太好了。您一直没醒，我正发愁呢。是不是身体不舒服？”

司机是个年轻男性，不像是有孙辈的年纪。他身着制服，头戴制服帽，还戴着墨镜。

“已经到小学了，您没事吧？”

秋乃一时间发不出声来，只得匆忙点头。她双膝发颤，后背一层汗。

“我把表停了，在这等您。您去办事吧，不用着急赶回来。”

一直没醒？我是睡着了吗？

那……刚才那些都是梦？全都是我梦见的吗？

秋乃哆嗦着做了个深呼吸。啊！太好了。原来是梦。也是啊，怎么可能发生那种事呢？

“对不起，我刚才不太舒服，不小心睡着了。”

说得越多，声音就越有底气。

“那就好。”司机也报以微笑。

秋乃望向窗外的雨。折叠伞掏出来有点麻烦，要是能冲进校舍……

不过她很清楚，如果一时半刻进不了门，就会被淋成落汤鸡。

于是她掏出背包里的伞，下了车。站直了以后，膝盖也不抖了。

撑起折叠，按下门禁。等了一分十八秒，才联系上办公室。

陪她去保健室的女文员一言不发。不，她好像只说了一句话：“你好。”

春美在保健室的床上，形同难民，面容苍白而消瘦。

她是哪儿来的难民？她想逃避的是什么？

窗外的雨下个不停。这个季节，走到哪儿都是雨。

秋乃心里也下着雨。

雨滴汇成的水流一点点、一丝丝地洗刷着蒙在旧窗上的陈年污物。

新的认识，洗刷着秋乃原本固执的心。

成天盯着怪物看，自己也会变成怪物的。

会失去一切的。

“春美，回家吧。”

两姐妹跟保健老师打了招呼，手牵手走出门。小小的折叠伞下，两人相依着横穿操场。

“春美，”秋乃盯着脚边说道，“我很担心你。”

春美默默点头。

操场上已经冒出了几摊积水，雨点落入水面。

“但我不想被你讨厌，也不想伤害你，所以一直什么都没说。”

春美再次默默点头。

“可我忍不住了。我要说了。”秋乃俯视着娇小的妹妹，“隔三岔五被叫到学校，我也很为难啊。”

春美这么可爱，这么可怜，我怎么能这么不顾忌她的感受，说出这么残忍的话？

“所以春美，实话告诉我好吗？你为什么会变成这样？”

是不是被欺负了？

“不用瞒着我。哪怕真是那样，也没什么好难为情的。”

春美低着头。纤细的后脖颈，光滑的皮肤，打卷的头发。

我对如此可爱的妹妹问出了非常残忍的问题。好过分的姐姐。跟怪物似的。

积水中有秋乃的倒影，也有春美的倒影。

她们差了十岁，却是一对十分相像的姐妹。

“……我跟加奈吵架了。”

春美的声音那么轻，好像在说悄悄话似的。秋乃撑着伞，稍稍下蹲，把耳朵凑过去。

“结果班里同学都说，是我不对……”

秋乃把手贴在妹妹的脸颊上，春美的双眼噙满泪水。

“然后他们就开始欺负你了？”

“……嗯。”

原以为开不得的门，竟然一碰就开。

这时。

轰！

秋乃惊得松开了伞，春美扑向秋乃，姐妹俩相拥望天。

只见一个闪着光的东西撕破雨云，朝这边飞来，分明是颗拖着黑烟尾巴的扫把星。

“小姑娘！”

有人猛冲过来，踩得地面水花四溅。原来是刚才那位出租车司机。

“快过来！躲到楼房后面去！不然太危险了！”

对啊，冲击波就要来了。

秋乃站起身来。春美脚下一滑险些要倒，好在司机抱起了她，结果他的墨镜被弹掉了下来。

“你、你是！”

秋乃下意识地指着他的脸惊呼。这不是那个见人就砍的可怜人吗？

“啊？怎么了？”

细密的雨点落在呆若木鸡的秋乃、司机与春美身上。陨石从三人的头顶飞过，划过这座城市的天空。

司机脑袋一缩，喊道：“大白天的这么大一颗流星！这应该能实现个大愿望吧？”

谁知道呢。秋乃闭上眼，自己都没想到会微微一笑。眼皮之下，炫目的光一闪而过，消失了。

不安分的“朋友”来了。

昨日之我

晴空万里的周日早上，我一时心血来潮，决定回老家看看。硬要找理由的话，就是上周周中有个巨型低压气团经过了首都圈一带，搞得明明五月初的天却跟台风过境似的，于是有点担心老家那栋陈旧的木结构双层小楼会不会被砸坏了。

母亲的一周年法事已经办妥了，同住的哥哥一家也搬走了，所以老家现在空空如也。就算碎了几扇玻璃窗，漏了几滴雨，也不用担心什么。况且房子再过阵子也要拆了，地皮也会卖掉。这些都会由哥哥去办，不过他向来妥帖，应该会处理好吧。

老家位于东京23区北部，我住的是山手线环线东边的大型长租公寓。那是个一室一厅一厨的房间，同住的是只通体柠檬黄的小可爱，金丝雀“皮皮妮拉”。

从我现在的住处到老家，单程要一个半小时以上。其实直线距离并不远，只是没有JR线或地铁直通，得换乘好几趟。

好在我周末向来无事，天气也不错，又刚发了工资，而且我本来也喜欢换好几趟电车出远门，所以并不觉得辛苦。我先打扫了皮皮妮拉的笼子，换上足量的水和鸟食；再翻出外出专用的帆布包，把随身物品塞进去打点行装；最后挑出合心的衣服，舒舒服服地穿好。

“叮——”我敲了一下父母佛龛前的钲，穿上麻布短靴出发。慢悠悠逛到车站也行，不过刚巧来了辆公交车，我便跳了上去。中途有一段林荫大道，刚吐出嫩叶的樱花树披着炫目的新绿。

坐下后，我拿出手机搜了搜，看看老家附近有没有好餐厅，能让我吃一顿美味的午餐，顺便记下了回程要买的东西。洗衣机清洁剂用完了，皮皮妮拉的鸟食也得再囤一些。午餐吃饱一点的话，晚上来碗茶泡饭就行。一个人住真省心啊。

我考上专科学校，拿下秘书资格证，经学校推荐找到工作后，父亲就因为脑出血"迫不及待"地走了。他是个工蜂似的工薪族，几乎就是过劳死的。当时哥哥为了工作住在外地，所以我跟母亲一起住了几年。后来我交了一个想谈婚论嫁的男友，就搬出去跟他同居了。当时我二十三岁，男友二十五岁。我们是职场前辈介绍认识的，刚交往没多久就有了结婚的打算。

然而同居后不到一年，我们就分手了。最主要的原因是价值观不合——说白了就是性格不合。最让我受不了的是，他花钱如流水，还老跟人借钱。他的字典里没有"节约""存钱"这种词，常跟我伸手不说，还偷偷跟朋友、同事借钱。后来，他跟一个朋友因为还钱起了争执，事情败露后我责备了他几句，他竟嗤之以鼻。我又好言相劝，他却发了火，说我"年纪不大，口气挺狂"。见我不肯退让，他竟动了手，还厚颜无耻地说："不是还有你爸的遗产吗？"我只用了百分之一秒就下了决心：分手。

不过几年后，他就跟大学同学结了婚，还有了孩子，成了房奴加孩奴，可见他只是跟我合不来。因为父亲去世时还没退休，公司给了不少抚恤金，老家的房贷也用保险金付清了，在旁人看来，仿佛确是给我们留下了"一笔财产"（父亲去世后，母亲也的确没为钱发过愁），也难怪当年还年轻的前男友会打遗产的主意。

然而，这事在我心中留下了难以名状的渣滓。为了钱跟心爱的人闹矛盾实在太痛苦了，那段记忆在我脑中挥之不去，以至于后来交了几个男友都不长久。其实就是没遇到一个爱我爱到让我斩断那份犹豫的人，也许这么说更贴切。

哥哥的情感生活倒是顺利得很，结了婚，儿女双全。嫂子是注册营养师，既能照顾家里，又能挤时间坚持工作。哥哥调回东京进了不会外调的部门后，他们全家就搬去跟母亲同住了，最后也是这位称职的儿媳给母亲送的终。我这个小姑子本想尽量不打扰他们的，然而开朗爽快的嫂子实在好相处，侄子侄女也可爱极了。我很感激他们让失去伴侣的母亲不再孤单，过上了含饴弄孙的日子。

四十岁前，我也幻想过有朝一日像哥嫂那样步入婚姻。然而四十岁后，与其说我放弃了，不如说我认清了现实："唉，我大概没那个姻缘吧。"

我在一家文具公司工作，虽然是老字号，但规模不大，工资水平一般。所幸周围有很多（单身或已婚的）老资格女同事，大家知根知底，待着还挺舒服。我不是女强人，以后大概也没希望出人头地，但这份工作足以让我过个安安稳稳的日子。能在泡沫经济崩溃前定下这样一份工作实属幸运，看来我这人虽然缺了点姻缘，事业运还是不错的。

送走母亲后，哥嫂本想继续住在老家，奈何自母亲生前便纠缠不休的父亲家亲戚，最近又开始厚着脸皮指手画脚，烦得哥嫂只得再买新房。父亲贷款买的那个本就是二手房，只是花了不少钱装修，所以看着还凑合，但其实很多地方已经开始出毛病了。

哥嫂搬家前办了场小小的告别宴，我也受邀参加了。侄子已经长成了讨人厌少年，全程态度冷淡，大概是难为情吧。嫂子和侄女倒是一直在抹眼泪，聊了很多过去的事。

哥哥一家的新居就在嫂子娘家附近，走路只要五分钟。这些年净顾着婆婆了，希望他们以后能多孝顺岳父母。我家父母的法事都由哥哥操办，佛龛则安置在我的住处。

从最近的车站到老家的那段路，已经跟我骑车上学上班那时候完全不同了。两边更加热闹（所以地价才会上涨，惹得父亲家的亲戚说三道四），又开出了几家新商铺。我边走边逛，好不快活。

结果到了老家一看，却见玄关前的台阶上孤零零坐着一个女高中生，书包还搁在膝头。

为什么敢说是高中生？因为她穿着我母校的校服呢。百褶裙的格子图案和西装外套的衣领形状特征明显，所以我一眼就认出来了。

咦？慢着。母校虽然是公立高中，但应该十多年前就改制了，引进学分制的同时也取消了校服啊。

难道最近的小姑娘流行穿老校服不成？我带着疑惑上前。这时对方看了我一眼，随即猛地站了起来。

我们就这样相隔三米，面面相觑。

那个女高中生竟然是我。准确地说，是三十年前的我。那时我十五岁，七月生日一过就要满十六岁，正在上高一。

爱翘的头发剪得很短，还喷了摩丝仔细抚平。鼻子周围长满雀斑，那十几、二十几岁时让我头疼不已的雀斑，如今已变成寻常的色斑。我自己已经不太介意了，但也再不会有人对我说："雀斑还挺可爱的。"

女高中生瞠目结舌，抬手指我，然后张开颤抖的双唇，用我少年时的声音说道："我真的穿越了！"

三十年前，老家才刚装修好。父母是等我确定了要上哪所高中后才买的房子，所以搬家跟升学几乎同步。

然而此时此刻，双层小楼已破旧得不成原样，没人住的房子迅速老去，看起来甚至有点寒酸。十五岁的我刚来就被这幅景象吓呆了，只觉两眼一黑，走投无路。

“我本想先回家看看，只要能见到家人，总能有办法。可家里一个人都没有……”

我们决定去车站附近的星巴克坐坐。十五岁的我——这么说太麻烦了，还是直接说“我”吧。“我”当然没见过星巴克，格外长的价目表也让她觉得新鲜。

“好棒好棒！未来的日本居然有这种咖啡吧，跟美国大片似的！”

“嗯。对了，现在基本没人说‘咖啡吧’了，一般说‘咖啡馆’。如果是连锁店，就直接喊店名，比如星巴克啦，多罗伦啦，维罗切啦……”

无论是来自过去的“我”，还是看到过去的自己穿越过来的我，都没有惊慌失措。这得归功于一本青春小说。我还清楚地记得那本书，此刻它正躺在“我”的书包里——《我当小妖精那些年》

这本书出自当年的人气女作家，是穿越题材的爱情喜剧。女主阿正是一位十五岁的女高中生，她在上学路上碰巧跌入时空黑洞，穿越到了二十年后的未来。她发现三十五岁的自己成了一个平凡女白领，被小鲜肉男友骗得团团转，辛苦赚来的钱全都搭了进去。为了拆散他们，主人公化身撩人小妖精，强势插足……

这部小说最妙的设定就是“主人公从过去穿越到了未来”，不用担心什么时空悖论问题，所以她完全可以跟未来的自己见面。而且她也真去见了一面，好心相劝：“你男朋友根本不爱你，他眼里只有你的钱！”可未来的自己被迷得神魂颠倒，又特别恨嫁，根本听不进去。无奈之下，主人公只得拿起小妖精剧本。渣男本就有正牌女友，又爱拈花惹草，一撩就上钩，对小妖精发动了猛烈追求，却又不舍得放开摇钱树，也就是未来的女主。为了惩罚渣男，也为了让未来的自己过得幸福，女主可谓是竭尽全力。可渐渐地，她产生了直击灵魂的疑问：

——何必在这儿瞎忙活呢？只要我以后小心点别跟这个渣男在一起不就行了吗？

——话说我竟然到了三十五岁还单着，还要被这种渣男吸血，也太惨了吧！

——还管什么未来的自己啊，赶紧回原来的时空吧。可怎样才能回去呢？

女主把渣男收得服服帖帖，一边让他照顾自己，一边寻找时空黑洞的位置，接着打听到自己未来的大学同学、某理科天才（用现在的说法就是“理科宅男”）工作的量子物理学研究所里有生成时空黑洞的装置。那就一不做二不休，找理科天才帮忙吧！女主刻意接近这位同学后，发现他竟然暗恋着未来的自己。

——好嘞，那我就想办法撮合他们，然后再回到过去！

剧情大概就是这样。

我跟“我”买了拿铁和甜甜圈，相对而坐。“我”好像很饿，拿起甜甜圈就大快朵颐。

“能不能透露下你是怎么穿越过来的？”我开口问道，“毕竟我还不能判定这不是精心策划的新型骗局。”

“我”嘴唇上沾了白糖，一脸不爽。

“骗局？大妈，你有那么多钱吗？”

万万没想到，我会被过去的自己称作“大妈”。

“我踏踏实实工作了那么多年，好歹有点积蓄，再说还有父母留下的钱呢。”

我竟随口说出这种话来，毫无防备，看来是已经认定了眼前的“我”就是来自过去的自己。再亲密的朋友都不随便谈钱，这是我跟第一个男友分手后坚持贯彻的人生守则。

“我”却对这句话的另一部分做出了反应。“‘父母留下的钱’……”“我”急忙咽下嘴里的甜甜圈，“你是说，爸爸妈妈都死了？”

这回轮到我笑场了。“多正常，我都四十五岁了啊。不过他们也都没活过平均寿命就是了。”

“四十五岁……”

“我”的双眼周围渐渐没了血色。我还在纳闷她在震惊什么，“我”已经僵着脸问：

“我四十五岁的时候会变成大妈你这样吗？”

好一副分分钟要哭出来的表情，我感觉有被冒犯到。

“人都会老的好不好？而且我做过皮肤检测，皮肤年龄比实际年龄小十岁呢。”

“明明满脸色斑！”

“你才满脸雀斑呢！”

怎么就吵起来了。

“大妈，你肯定结婚了吧？”

“我”提心吊胆地抛出这个问题。

“没呀，单着呢。”

“靠靠靠！”“我”一通怪叫，差点把咽进肚里的甜甜圈吐出来，“剩女？假的吧！”

“现在这么说算性骚扰和语言暴力哦。”

“什么骚扰？”

语言暴力也就算了，三十年前应该有“性骚扰”这个词了吧？（因为我还记得啊！）我想上网搜搜，就掏出了包里的智能手机，结果——

“那是什么玩意儿？计算器吗？”

对哦。别说智能手机了，“我”可是从一个连老式手机都还没有的时代穿越过来的啊。

“听好，”我探出身子，盯着“我”的眼睛，“我是单身，也没结过婚，甚至没被求过婚，也没孩子。在一家普通文具公司上班，成了职场老大姐，收入一般般。租房住，养了只金丝雀。”

“我”顿时面色惨白，整个人都在发颤。

“这就是我，你的未来。”我毫不留情，继续说道，“你大概不太满意，但我对现在的生活很满足。”

两人僵持片刻。

过了一会儿，“我”用沾满糖粉的手背缓缓擦了把脸。都出冷汗了啊。

“因为丑吗？”“我”低声问道。

“啊？”

“因为长得丑，所以没人要吗？没交过男朋友吗？一直被甩吗？”不等我开口，“我”已经哽咽起来，“还不如死了算了……”

“你可不能死，好好活着吧。”

“我才不要呢！与其变成你这样的干瘪老太婆，还不如早死早超生！”

“我”哭得抽抽搭搭，隔壁几桌的顾客投来了好奇的视线。

“你还是早点回去吧，”我说道，“回原来的时空去，就当这是一场噩梦，赶紧忘掉。”

一天天过下去，慢慢沉淀，到了四十五岁，就能接受现在的自己了。

原来我高一那时候是这样一个姑娘啊！

我还记得高中时代的一些事。比如与闺蜜度过的美好时光，比如在铜管乐队挥洒的汗水，比如自己有那么一点点喜欢思想品德课的老师。还记得高二那年，我和班上某个“大姐头”合不来，于是“享受”了半年近乎校园霸凌的待遇。

当年的我并不是美少女，也不是出类拔萃的尖子生，不过我的校园生活应该还是充实而快乐的。成天为脸上的雀斑发愁；还愁自己个子不高，脚却很大，所以很难买到称心的鞋；还有……还有——

明明还有很多烦恼啊！

对啊，那时的我就是不称心与不满足的集合体，那是无法用充实的每一天弥补的不称心与不满足：为什么我没有白皙的皮肤？为什么我没有纤细窈窕的身材？为什么我不是个美少女？这难看的下巴是不是只能去整容？

还有同学说我“嘴臭”，说我说话太直，性子太烈。我想改改自己的脾气，尽可能表现得温和一些，结果又有人背地里说我“越来越阴险”。

那些不满与烦恼仿佛一直淌血的伤口。那血是什么时候止住的呢？伤口是什么时候愈合的呢？伤痕仍在，现在也看得到，然而疼痛的记忆却模糊了。

变老，就是这么回事。

时光最温柔。所以现在的我也很温柔。无论对自己，还是对身边的人。

我说：“给你一个忠告吧，以后要小心花钱大手大脚的男人。”

“这话是什么意思？”

“到时候你就知道了。”

我莞尔一笑。可话刚出口，我就担心了起来。如果“我”因为我的建议避开了那个男友，和其他人交往，还顺利结了婚，那现在的我会不会消失？这算不算时空悖论？

“你是怎么穿过来的？是不是跟小说里写的一样，掉进了时空黑洞？”

“我”用纸巾擦了擦脸，在书包里一通翻找。然后，她竟然掏出了一罐咖啡。

“我出门去参加社团的自由排练，正往车站走呢，想顺路买个喝的，结果发现自动售货机里出现了一种我没见过的罐装咖啡。”

见过才怪了。这种罐装咖啡是商家刚推出的新产品，最近正在电视和网上疯狂打广告。对“我”来说，它属于三十年后的未来。

“一摸到咖啡罐，我就觉得头晕眼花。”

回过神来才发现，街景完全变了。

“空地上都建了公寓，街上的女生都染着棕色头发，每人手里都拿着计算器一样的东西。”“我”指着我放在桌角的智能手机，皱着眉头问道，“这到底是什么啊？”

“一种非常先进的电话机，也是电脑，当年叫‘微机’吧？——不对，‘电脑’这个词应该已经有了吧？”我嘟囔了一句，随即笑道，“你以后也会玩得很溜的，耐心等着吧。”

接下来该怎么办呢？

“自动售货机还在原来的位置吗？”

“嗯，就是朝向变了。”

“那去看看吧。”

既然“来自未来的罐装咖啡”成了“我”穿越时空的关键道具，那么回到过去的关键道具说不定也在同一个地方。

“幸好是从家去车站的路上，要是到了学校，你肯定会更蒙的。”

因为母校改制的时候重建了校舍，外观都不一样了。

“还认得路吗？”

“认得，路没变。”

“可为什么会冒出这么多公寓楼啊？我还以为我们家附近不会开便利店呢。那家很潮的美发厅什么时候开出来啊？大妈你去过吗？”

“我”连珠炮似的发问，却没再打听家里人，大概是不想再碰

“爸爸妈妈都死了”这个话题了吧。

她就不好奇哥哥在干什么吗?

对哦，那个时候的我觉得哥哥邋邋遢遢，一身臭味，看他可不顺眼了呢。

我自己想通了，把微笑藏了起来。

“你说你要去参加社团的自由排练，是铜管乐队吧？”

“嗯。”

“开心吗？”

“还行吧，刚进去没多久，还没找到感觉呢。”

不能透露太多。

“我”紧贴着我，一脸焦虑，东张西望，汗味扑鼻而来。啊，好年轻啊。

“我”说的那台自动售货机，就是我回老家的时候偶尔也会用的那个。那是一台司空寻常、随处可见的机器。

供顾客选择的饮料大概有十五种。我一种一种看过去，然后便发现了……

“找到了！”

是停产多时、在我这个时空已不可能买到的罐装咖啡，就混在“BOSS”“乔治亚”等常见的产品之间。

“我”指着那罐咖啡喊道：“我平时都买这种的！”

我知道。不，应该说“我记得”。

“奶味很重，只有一丁点咖啡香味的儿童款，对吧？”

可我当年就是喜欢啊。所以我才记得它是什么时候停产的，也知道它为什么会停产。因为它使用的添加剂被查出有致癌性，所以绝不可能再生产。

“这点小钱我就替你出了。没忘东西吧？”

没声。我回头望去，只见“我”把书包捧在胸口，一副扭扭捏捏的样子。

“怎么啦？”

“干吗急着赶我回去啊……”

我还当你要说什么呢。

“要是你拖着拖着，拖到最后没法回去了怎么办？这边已经没有这种罐装咖啡了，什么时候消失都有可能啊。”

“……哦。”

“给，一百三十块，现在一百块都买不到罐装咖啡啦。”

“我”攥着零钱，还在犹豫。

我痛快地说道：“生活可不是爱情喜剧，我没有帅气的小男友，也没有在量子物理学研究所上班的熟人。我不是三十五岁，而是四十五岁，这十岁的差距决定了一切。我已经没有谈恋爱的心思了，工作存钱只为了太太平平、开开心心地享受退休生活。”

我不需要过去的自己扮演撩人小妖精，帮忙改写人生。

“我”看了看我的脸，轻轻叹了口气。这样的动作只有青春正好的小姑娘才做得出来，在异性看来也许还有种微妙的魅力，然而到了同性（而且还比她年长）眼里就显得格外烦人了。

“我决定了，绝不能活成大妈你那样！”

“总觉得干干巴巴、灰不溜秋的。”“我”说。

“我一定要更幸福，要好好谈恋爱，当然也要结婚。这样就能跟大妈永别了。”

“时空悖论”四个字再次闪过我的脑海。要是眼前这姑娘变了，我是不是就不存在了？就要跟这个世界永别了？——如果我不存在了，那我也不会意识到自己不存在了吧？

还是说，我们所在的时空会分离开，变成两个平行世界？

那部小说从头到尾都在讲过去的自己如何给未来的自己当红娘，并没有这方面的解释，所以我也说不准。

不过此时此刻看着眼前的“我”，有一点我是非常确定的。

我可不想跟一个全盘否定自己的“过去的自己”做朋友。

“哦，那就永别吧。”

我也没给好脸色。“我”一个转身，买了一罐本不该出现在这个世界的咖啡，弯腰去拿。说时迟那时快，“我”瞬间消失，好似缥缈的海市蜃楼。我也感到一阵头晕目眩，下意识伸手扶住了自动售货机。

眨了眨眼，抬头望去，原来的罐装咖啡已被瓶装茉莉花茶取代，还是我时不时会买的那种。

只属于我和“我”的穿越小插曲就此画上句号。

我突然产生了回自己家的冲动。我想把皮皮妮拉放出笼子，盯着它那黑钻般的小眼珠，轻抚它的羽毛。

生活恢复了平静。梅雨如约而至，酷暑来了又去，鱼鳞云在青空流淌的秋天来了。生活中仅有的变化就是职场前辈停职养病去了，而我需要帮着分担她的业务，所以加班变多了。

一天，哥哥联系我说老家的空地找到了买家。

“有挺多事要跟你通气的，一起吃个饭吧。”

于是我们决定下班后去银座汇合。他说讨人厌的臭脸侄子嫌麻烦不肯来，但嫂子和侄女会来。

我想给他们买点小礼物，便提前去了银座。出了闸机口来到地铁中央广场，正要经过一台卖软饮的自动售货机时，某个蓦然闯入视野的东西令我心中一惊，不由得停下脚步。

在“BOSS”“乔治亚”与“伊右卫门”之间，混着一罐奇妙的饮料。

从包装颜色看大概是咖啡，可印在罐身上的文字太诡异了，不是日语，不是英语，也不是韩语、法语或俄语的西里尔字母，看着也不像阿拉伯文。反正是一堆我这辈子都没见过的文字。

如果它也是来自未来的罐装饮料……

怎么回事？

难道在数十年后的未来，这个国家使用的文字都变了？

那种人造语言叫什么来着？世界语？以后真会出现全球通用的文字吗？

还是说，只是这个国家不再是“这个国家”了？

我不敢再看那自动售货机，迈开步子，越走越快，几乎小跑了起来。我可不管。我可不想知道那样的未来。让其他好奇心重的人穿越去吧，不关我的事。

最近还是别靠近自动售货机了，去便利店买吧。

战士

藤川达三每天早晨四点半起床。

起床后他会立刻叠被褥。八十岁生日过后，达三便觉得收放被褥有些吃力了，不过他的字典里没有“不叠被”这个词。他把六张榻榻米大的房间当卧室用，房间西侧的窗边铺着木条拼成的踏板。褥子压在底下，枕头放在上面，一起堆在踏板上。如此一来，阳光就能充分照到被褥，烘干里头的湿气，比收进壁橱更好。

刷牙洗脸换完衣服，他走进了厨房。以前他每天早上都会认真淘米，但现在改用免淘米了。价格是贵了些，好在可以节约自来水，而且可以避免冬日清晨在寒冷的厨房里把手插进凉水带来的健康风险，总体来说是个合理的选择。

他开了电热水壶。趁水还没烧开，他称好分量适中的免淘米和水，倒进电饭煲按下开关。顺便往小锅里倒了三百毫升水，抓了一撮小鱼干放进去。

等水开了，就泡一壶粗茶。第一壶的第一杯倒进三年前病逝的妻子钟爱的茶杯，供在佛龛上，随后敲响灵前的钲，双手合十。

回到厨房，他坐在钢管椅上，往粗茶里加了一颗梅干再喝。冬天喝这样一杯茶能让身子暖和起来，夏天喝这茶则有助于补充睡眠期间流失的水分与盐分。

然后是做好出门准备。冬天要戴耳罩和劳防手套，夏天得在脖子上挂一条毛巾。不到一小时的工夫，免淘米便能吸饱水分，小鱼干的鲜味也会渗入汤水。而利用这段时间去自家附近散步，是达三每天的例行公事。

达三有三条固定的散步路线。路线①：沿街区往北绕半圈。路线②：沿街区往南绕半圈。路线③：绕着绿道公园走。一年三百六十五天，只要天气和身体状况允许，达三就会在早晨挑其中一条路线走，依次轮换。

他在玄关换上运动鞋，系紧鞋带。妻子身体没出问题的时候，达三会把计步器别在裤腰带上。可惜那计步器坏在了妻子去世那天早上，他也就没再买新的。

达三住的是独门独院的木结构房子，房龄近四十年。抹着灰泥的外墙生出条条裂纹，神似房屋此时唯一居民那分布在眼角和嘴角的皱纹。房子跟人一样，也会一天天走向衰老。

虽然面部和四肢布满皱纹，但达三保持着超出平均水平的骨密度，这栋房子也依然牢固。东日本大地震那天，首都圈的震度高达五级[1]多，它硬是扛了下来。达三的儿子住在东京核心城区的高层公寓，听说家里的书架都被震倒了，厨房的餐具摔碎了好几个；而达三住的这栋老房子却连一个小碟子都没折损。

房门上装了两道锁，第二道是专业的防撬锁。妻子看了街区的传阅板报，得知近期瞄准老人家庭的入室盗窃案频发，便立刻找门锁厂商加装了一道锁。没多久，她就住进了医院，一去不返。所以对达三而言，这道锁就是妻子的遗物。

锁好房门，原地踏步十次，然后正式出发。此时是六月初的周

1. 指日本的地震度量，分为十个等级。

一，清晨五点多。

昨天走的是路线①，所以今早应该走路线②。但由于情况特殊，达三决定再走一遍路线①。这是为了再次经过半路上的某个大型小区，就是有五百余套房的“馆川城堡宫殿”。

昨天，也就是周日早晨五点半左右，散步途中的达三在“馆川城堡宫殿”旁撞见了一幕非常奇怪的光景。

要说奇怪，其实“馆川城堡宫殿”这个名字本身就值得推敲。哪有把“城堡”跟“宫殿”凑在一起的道理呢？字典里只有“家宅”，却没有“城宅”啊。

“馆川城堡宫殿”是一座新小区，四五年前才建成出售，所以它的命名者绝对是活在21世纪的现代人。现代的企业员工只要用电脑一查，就能轻松查到单词的意思，可他们偏偏起了这样一个名字，而且没有一个同事提出异议，帮着订正。你大可以找十个人来问问，至少会有七个人表示：“这个名字是有点怪。”

可悲的是，这种事的确可能发生在当今社会。达三年轻时任职于东京证券交易所市场第一部的机械厂商，一路升到第二制作部部长，肩负要职，到了年纪才光荣退休。所以他深知，人情的奥妙与组织的弱点会在能力了得的企业头脑中产生莫名的空白，就好似超市卖场在午后会出现空白时段一样。

所以他才一直忍着，“‘馆川城堡宫殿’也太离谱了吧？”这话没说出口，而且今后恐怕也会继续忍着。

不过昨天看到的奇异景象和莫名其妙的小区名没有任何关系。达三不是那种只要入眼的事儿有那么一丁点不合理，哪怕多鸡毛蒜皮，哪怕跟自己毫无干系，都忍不住说上几句的老人家。可即便是他，都结结实实地吃了一惊，呆若木鸡，足见那光景是何等诡异。

达三平时走的那条路紧挨着小区居民用的自行车棚，所以这边是小区西面，而非正面。这条小路很窄，只能容轻型车勉强通过，既没有专用的人行道，也没有护栏。

即便白天，这路上也鲜有行人。在达三刻意开拓散步路线之前，他也没走过这条路。想必到了晚上，这一带会更冷清些。

车棚和小路间立着环绕小区的围墙。达三身高一米六五，用面砖砌成的围墙下半正好到他肚脐，上半则装有锻铁栅栏。一半车位是双层机械车架，另一半则是平放车架；为方便区分，车位上贴有“东楼A1~50”“南楼 B30~90”字样的标识。

车棚装有雨篷。停车区前后各围了三根粗陋的钢筋柱子，上头是一层石板瓦。达三猜恐怕一开始没设计雨篷，是后来补的。因为与公寓高端洋气的外观相比，雨篷的卖相实在不上档次。说得再直白点，简直有些寒碜。不过嘛，这也与正题无关。

近年来，许多大型小区的停车场和自行车棚都装了摄像头，这对提升小区的安全系数很有助益。“馆川城堡宫殿”的车棚也装了一台，顺着达三的前进方向数过去，第三根柱子顶上那个就是，看起来装得挺随便的。

监控的镜头朝着车棚，所以走在铁栅栏外的达三平时看到的都是它的侧面。用“看”字也许太夸张了，毕竟达三从没关注过它。

那里有个监控摄像头哎。

平时他只会用余光扫一下。

不过最近这一年，达三的眼睛还能不能扫到那台监控都成问题。他并不是得了威胁生命的宿疾，只是青光眼，还是在市政府组织的老年人体检中查出来的。为了遏制症状恶化，达三自那时起就定期去眼科诊所复查，接受药物治疗。

多亏平时的努力，他的青光眼发展得跟蜗牛爬一样慢。然而速度再慢也不等于完全停止，最近他不时感觉视野变窄了，尤其是右眼情况好像更严重一些。

达三有一双儿女。还记得孩子们在最多愁善感年纪里曾对他破口大骂："爸爸就知道工作！根本不管家里！"他还用大人的道理教训叛逆期的孩子："一家人都靠工资养活，认真上班有什么不对！"心里却暗暗反省，告诉自己说什么都不能做只顾公司、视野狭隘的人，平时多注意了一些。然而讽刺的是，当他彻底脱离公司，也告别了养育子女的重任后，竟得了视野狭隘的病。

所以达三最近时常察觉不到这台监控，因为他看不到。昨天早晨路过这里时，闯入他那异常狭窄的视野中的也并非监控本身。

达三看到的是个十来岁的孩子。那是个男孩，穿着白色的圆领衫，下身套着运动裤。只见他目露凶光，表情僵硬，右手拿着形似棍棒的玩意，作势要把那监控敲下来。

达三下意识大吼："住手！"男孩却没有立刻反应，可见他对这场破坏行动多么专注。达三不由得抬高嗓门：

"喂！你干什么呢！快住手！"

老人的怒吼打破了周日早晨的宁静。男孩好像才回过神来，顿时大惊失色，停手瞥了达三一眼，随即如脱兔般跳回地面，以无比迅捷的动作逃往公寓的方向。

达三并没有追。他都一把年纪了，翻越铁栅栏未免难度有点高，再说他也不可能跑得过一个孩子。所以他一边平复被片刻前的异样光景扰乱了的心跳，一边原路折返，绕去了"馆川城堡宫殿"的正门。

宽阔的小区深处建有"匚"形的居民楼，正门附近还有一栋物业专用的办公楼，边上是有绿化点缀的中庭。办公楼的玻璃门紧闭，可能是管理员周日不上班，也可能是时间还早，窗口还没开。

那台监控装在成年人踮起脚尖伸长了手也够不着的位置，那个男孩显然是踩着什么东西爬上去的，然而当达三绕到事发车棚，看到被撂下的折叠梯时，他还是下意识地揉了揉眼睛。

那孩子真的来过。

梯子貌似是管理员办公室的，腿上贴着“管理室　使用后请归位”字样的标识。

不过话说回来，一个孩子怎么会突然想砸监控呢？哪有这么奇怪的恶作剧啊！照理说，会厌恶监控的“眼睛”的只有罪犯和企图犯罪的人，怎么也不会是圆领衫加运动裤的小学生。哪怕他真是为了偷自行车而想到“先砸监控”，这也太周到太可憎了，虽然也很胆小很可爱。

达三仰头望向那台监控。它个头不大，形似被截短的望远镜，圆形镜头分外空洞。机身不是用金属而是用树脂做的，呈黯淡的灰色。用螺钉固定在柱子上的底盘，与机身相连的地方略窄。男孩刚才瞄准的好像就是这个部分，看起来上面有几条浅浅的白印。

青光眼不仅缩小了达三的视野，还让视野变昏暗了。所以他没把握，不确定那些白印，也就是破坏的痕迹是否真的存在。更关键的是，他虽然目睹了刚才的一切，却没信心拿出必要且充分的说服力把这事告诉别人。

周日也是有人早起的。一个女人走出公寓楼门，手里牵着一条破抹布似的褐色小狗；另一头的花坛边上也传来了说话声。

达三最终悄声离去。毕竟他不是小区居民，一大早傻站在车棚下，身旁还有一把人家撂下的梯子，天知道会不会被当成小偷。

等他回到既定的散步路线时，心跳已平静下来。惊而不乱的老人，此刻变成了一面分析惊讶的原因一面散步的老人。

边走边想，边想边走。走着走着，达三意识到了一件比他看到的光景更离奇古怪也更可疑的事。

没听到声音。

那个男孩当时是拿着棍状物体用力敲打监控，达三的眼睛虽然越来越不好使，但听力并没有衰退。一大早的，四周都很安静，如果真有人砸东西，他本该在看到人搞破坏前先听到响亮的击打声。

可是我什么都没听到啊！

达三静下心来细细回忆，男孩跳下梯子时，他的确听见了“扑通”一声。

更诡异的是那孩子的表情。

两人的视线曾有过片刻交错，当时男孩的眼珠子都快弹出来了。肯定是他被达三的吼声吓到了，这解释符合常识。

然而当达三在平静状态下回放记忆时，他意识到早在男孩听到呵斥之前，当他还在全神贯注地砸监控的时候，他好像就已经是眼珠快要蹦出来的表情了。

搞破坏的孩子可不是这种表情。男孩显然也不享受这个过程，反而更像是在和某种可怕的东西殊死搏斗。

儿女还上小学时，曾经有一条蛇闯入了达三家的小后院。那蛇体型还挺大，所幸是条性情温和的青蛇，无毒无害。即便如此，孩子们还是吓得哇哇乱叫。尤其是女儿，直接吓哭了。

哥哥把妹妹护在身后，抢起刚好晾在后院的澡盆木盖当盾牌，勇敢地冲上前去，想要赶跑青蛇。蛇盘成一团，一副昏昏欲睡的样子，对孩子们全无兴趣。继续僵持对两边都是煎熬，于是妻子拿来蚊香，凑到蛇旁边点着。蛇大概是觉得呛了，逃离了后院，可女儿还是抖个不停，过了好一会儿才平静下来。儿子也亢奋了好久，死死揪着木盖不放。

在达三的脑海中，儿子那天的表情和男孩砸监控时的脸重叠在一起。

回家后，达三便独享清净。虽然下午和傍晚时又冒出了去“馆川城堡宫殿”管理员办公室一趟的念头，但两次都作罢了。何必多管闲事呢？招人烦还算好的，搞不好会被人笑话。

明天再走一遍吧。倒也不用特意去看监控，就跟平时一样从车棚边路过，确认下没有异样就行了。

人生在世，偶尔身边发生几件怪事也在所难免。那些谜团不一定都能解开，也不一定需要解开。遇到这种情况，默念一句："还有这种怪事呀！"然后收进心底就好了。自己的岁数已经够大了，足以认清人生那不如意却是真实的一面了。

但是第二天，也就是周一早晨，达三又选择了路线①。

刚入梅的时节，清晨的空气也湿得发混。达三踩着节奏往前走，才十多分钟，原本干燥的皮肤便渐渐冒出了一层细汗。走在通往车站的大路上，一个工薪族模样的年轻女人与他擦肩而过，对方已早早换上了无袖上衣。

绕过通往"馆川城堡宫殿"的街角，拐进小路，车棚的石板瓦顶篷便映入眼帘。

达三停下脚。

他看到了监控。就像截短的望远镜一般，他绝不可能看错。

问题是，位置不对。它分明该装在从近往远数的第二根柱子上。

而且，朝向也不对。空洞的镜头竟然对着达三所在的这条路。

达三凝视着它的镜头，心想：它一定拍到了自己这副眼珠子都快弹出来似的表情，一如昨天的男孩。

默念一句："还有这种怪事呀！"然后收进心底就好了。

接下来的一周里，达三坚决贯彻着这条原则。"馆川城堡宫殿"的管理员办公室他自然不会去，甚至连那个小区他也没再靠近一步。

那一周里，他走了三次路线①。第二次也好，第三次也罢，那监控都好好地装在从近往远数的第二根柱子上。

镜头依然是对着小路。要防范不法分子翻越铁栅栏擅闯车棚，的确应该朝这个方向拍。也许是管理员或公寓管理公会的理事如此判断，于是调整了监控的位置。这完全有可能，也非常现实。

不过第三次仰望监控时，达三忽然想到了一个问题。

如果把监控装在这个位置，就得先把石板瓦顶篷下密密麻麻的自行车挪开，再在腾出来的地方架个梯子踩上去，不这么折腾一番，从下面根本够不到监控。

可要是还在原来的位置也就是第三根柱子上端，只要把梯子搬到车棚边上就能轻松够到它。一周前的早晨，那个男孩就是这么做的。

但此时，这行不通了。就好像那监控也会动脑子，自己转去了不易被攻击的位置似的。

怎么可能？达三微微一笑，驱散脑中奇想，自言道："荒唐。"

无论是散步途中，还是为了办事或其他时候走到这一带，他都再没遇到过那个男孩。

他肯定就住在"馆川城堡宫殿"，只要用心找——可找起来费时费力不说，还得面对别人的怀疑与嫌弃。要是能碰上几个热心人，运气也够好的话，倒也不是不可能找到。可他何必做到这个地步呢？就算男孩真有不得不砸车棚监控的切实理由，也与达三这个纯粹外人无关，该了解其中缘由并帮他排忧解难的，是他身边的父母和学校的老师。

当天傍晚，达三一边听着收音机里的 NHK 新闻一边吃着晚饭。播音员播报了一起客车坠落事故，说是发生在东京都辖区内某个大卖场附设的室内停车场里。一辆顾客开车冲破了停车场外墙，从三楼直摔到地面上，男性驾驶员与副驾上的妻子不幸丧生。

大概是自动挡的车常有的猛冲事故吧，达三边嚼着酱菜边想道。而后，播音员清脆的口齿继续说道：

"多名目击者表示，男性死者与妻子在车旁发生过争吵。当地警方正在分析停车场内的监控录像，调查事故前后的情况。”

拿着筷子的手停住了。

监控啊……对哦，大卖场的停车场也会装监控。

那常去的超市和医院候诊室是不是也装了？达三完全没想过这个问题。

照理说，监控这东西有两种装法。一种是要让人感觉到“有监控盯着”以发挥威慑力，另一种则是最好不让人发现在被监控。毕竟即便管理方迫切想在某处安监控，使用方也可能会以“侵犯个人隐私”为由大加反对。

无论从哪个角度看，那都是“眼睛”。它们明里暗里监视着我们这些普通市民，获取大量信息。

第二天早晨，达三走了路线②。回家后打开早报一看，发现报上有关于那起事故的报道。

报道称，事故车辆并不是从停车位猛冲出去的，而是开到停车场内的通道后才提速冲破了墙。那对双双殒命的夫妇确实在事发前大声争吵过，目击者称丈夫情绪激动，涨红了脸，妻子则是拼命劝慰安抚。还有人说丈夫出了鼻血，大喊大叫，满嘴胡话。如此看来，搞不好不是事故，而是丈夫出于某种原因一时冲动，拉着妻子一同自尽。

丈夫是公司职员，四十三岁。妻子四十岁。他们有两个孩子，平时很是恩爱，在街坊邻居间口碑也很好。达三不由得想：真是一场悲剧啊!

达三的生活本不可能再有任何变化。然而从那时起，他竟养成了一出门就找监控的习惯。散步途中他也发现了好几台，便利店的监控更是不用找就能看到。

真要命啊。

到处都是“眼睛”。万一哪天不小心做了见不得人的事，又被“眼睛”瞧见了，越想越钻牛角尖，只觉得被盯得度日如年，说什么都要把它砸了，然后下定决心，付诸行动——达三想，这完全有可能啊！

换句话说，达三其实还惦记着“馆川城堡宫殿”那个男孩，忘不了男孩那张脸。回想的次数越多，他就越觉得那是“殊死搏斗的脸”。

绕绿道公园走一圈是八百米。走线路③的时候，达三会绕上三圈。不同于其他路线，这条路线不用等红灯，所以达三习惯在散步途中休息几次，而且每次基本都在同样的位置。

这天早晨也不例外。那个休息点，达三私底下叫它“出走老阿姨的堡垒”。

绿道公园的一角有一间放工具的板房，是市政府的公园管理事务所搭建的。一位老阿姨经常待在那板房旁边。她有一辆巨大的购物车，上面挂着好几个塞满东西的塑料袋和纸袋。四四方方的一斗罐（原本用来装肥料的空罐）上放一个小坐垫，便成了她的座椅。

清晨出门散步是达三坚持了十多年的习惯，而守着板房的老阿姨现身于去年早春。达三起初还挺同情人家的，心想：这是个无家可归的老阿姨啊！

不过没多久，他便发现自己误会了。

事情发生在某日午后，而非清晨散步途中。达三穿过公园，准备去隔壁市公所办事。这时，他发现老阿姨平时待的地方停着一辆自行车，与此同时，女人高亢而尖锐的嗓音传入耳中。

她不会是跟人起冲突了吧？达三有些担心，加快脚步走近一看，老阿姨跟平时一样坐在一斗罐上，而她跟前站着一个两手叉腰、骨瘦如柴的中年妇女，正用几乎是“震耳欲聋”的音量对老阿姨发射着连珠炮：

“你闹够了没有？也该回来了吧！你也替我想想好不好？街坊邻居都看着呢，简直丢死人了！”

两人相隔不足一米，老阿姨却是一脸若无其事的样子。

“我都跟你说过多少次对不起了，你也该消气了吧？妈，你别让女儿太难做好不好？”

达三惊愕不已。定睛一看，那老阿姨竟面露冷笑，而喊她“妈”的中年妇女，也就是老阿姨的女儿，已经气得七窍生烟了。

单听这几句话，达三便猜了个八九不离十。老阿姨并非无家可归，而是跟女儿吵架后离家出走了。

也不知老阿姨和女儿（或者是女儿一家）那以后有没有和解。不过自那天起，达三便发现老阿姨常会从公园的据点消失。咦？人不在嘛！——可下次再来时，她又悠然地坐回到一斗罐上。看来她并不打算给离家出走的生活画上句号，但多少还是会体谅一下女儿的难处吧。

老阿姨也并非孤独的流浪者，因为她经常喂小动物，在公园出没的野猫、麻雀和鸽子都会主动接近她。清晨的公园其实很热闹，慢跑的、散步的、遛狗的……人还不少。而老阿姨也会跟他们——主要是年纪相仿的男男女女聊上几句。在达三这个旁人看来，她好像还挺享受的。

达三并没有跟老阿姨和她的朋友们交流过，也没打算加入他们的圈子。虽然他管人家叫“老阿姨”，可这只是因为她的年纪看上去会被一般人这么叫，照理说她该比达三还小一些。大概小个十来岁吧。达三之所以不接近老阿姨他们，也是因为有代沟，这和“高中生没法跟一群小学生玩到一起”是一个道理。

不过达三还是跟老阿姨说过一次话。那是今年三月中旬的一个早晨，由于家附近发生了一起小火灾，早上没散成步，于是他就在傍晚时分来了趟公园。

还记得那天气象厅在广播和电视里唠叨个不停，说是首都圈“可能遭遇前所未有的特大暴雨”，“请民众尽量避免外出”，“提前购买饮用水、电池等防灾用品以备停电”，呼吁民众提高警惕，甚至还开了记者发布会。

天色的确不太对劲，到了傍晚还突然起了大风，色调骇人的乌云也滚滚而来。达三心想在公园绕一圈就回去吧，结果快走到老阿姨的堡垒时，却见人家还坐在一斗罐上，摸着膝头那只常出现在公园的三花。她的随身物品，也还摊在脚边。

公园里没有第三个人。大家肯定都听了气象厅的警告，老老实实待在家里。于是，达三心中一动，停下脚步。

“您好。”他主动跟老阿姨打招呼，对方也轻轻点头致意。

“据说暴风雨要来了。”

听到这话，老阿姨淡定地点头道：“嗯，广播里一直在说呢。”

原来她知道啊。

“待在这儿可能很危险，还是回去好啊。”

“是吗……”老阿姨又淡淡地回了一句，对膝头的三花说道，“要不我们就回家吧，万智子。”

达三吃了一惊。原因一：很少有人给猫起这样的名字。原因二：它竟然不是野猫？

“这猫是您养的啊？”

“嗯，它总黏着我。”

原来这只猫是出走老阿姨的随从啊。

“多谢您关心。起来吧，万智子，收拾东西啦。”

见老阿姨起身了，达三便继续散步。当天夜里，首都圈果真迎来了凶猛异常的暴风雨。

仅此而已。达三与老阿姨并没有因此亲近几分。她总是悠然坐在她的堡垒之中，来公园散步的达三也总是从她身旁经过，只是每每见到在公园中独行的万智子，他会慰劳一句：“你辛苦啦。”

还是说回今天早晨，也就是在“馆川城堡宫殿”遭遇怪事十二天后的那个早晨。

前些天一直梅雨似的阴雨连绵，总算是盼到了一早放晴的日子。这天是路线③，达三来到绿道公园，眼看着就要到“出走老阿姨的堡垒”。

然而老阿姨却没坐在一斗罐上，而是站在放工具的板房前，仰望屋顶。她双手叉腰，神色严厉，仿佛之前来公园找她的女儿。万智子也守在她脚边，跟她一样仰望着板房屋顶。

不对劲啊。

“早上好，”达三走过去打了个招呼，“出什么事了吗？”

老阿姨回过头来，脸上仍是撇嘴的表情。她抬手指着板房屋顶：“这是怎么回事啊？”

一看清老阿姨指的东西及其所在位置，达三心中便一阵忐忑。

那是一台监控。

它就装在板房的房檐下，或者说屋顶凸出部分的内侧，看起来十分突兀。它的形状和“馆川城堡宫殿”车棚的监控相似，但要大上一圈，镜头也更大一些。

“昨天还没有呢，”老阿姨噘起嘴，显得十分不悦，“是不是趁我晚上不在的时候装的啊？”说着，老阿姨又特意为达三补充了一句：“一直待在这儿我也受不了，所以晚上还是会回家的。”

对老阿姨和她女儿来说，这都是一桩幸事。

“您昨天在这儿待到几点啊？”

“大概八点多吧。是不是呀，万智子？”老阿姨对脚边的猫咪问道。

达三也低头望向万智子，却被眼前的景象惊得心中一紧。

万智子正恶狠狠地瞪着那台监控，背上的毛都炸了起来，瞳孔收成一线，双耳紧绷。

达三再次仰望监控。这玩意真能让猫产生戒心，甚至进入威吓状态吗？

是有点心里发毛。

他第一次产生了这样的感觉。

总觉得指着那玩意说“装在那里”不是很贴切。它黏在屋顶上的感觉，还有这股存在感，让达三想到了某种东西。

他很快反应了过来——像蜂窝。

“我可不觉得管理事务所会大晚上跑来装这东西。”

“大概是谁擅自装上去的吧。真恶心，这不是偷窥用的摄像头吗？”

老阿姨对监控的理解不完全准确，但她用对了语气。

达三慢慢移动，从不同的角度观察那台监控。没看到电线，莫非是插电池的？

他凝视着空洞的镜头。这时，镜头仿佛眨了眨眼。

达三慢慢后退。

“被这东西盯着肯定很难受，还是躲远点吧。”

只要老阿姨跟平时一样坐在一斗罐上，她就能躲进监控的死角。

然而，达三脑海中逐渐浮现出一段诡异而骇人的画面：老阿姨坐在一斗罐上靠着板房侧壁，监控缓缓移动到她头顶上，沿着屋顶内侧爬行，好似形状怪异的蜗牛，悄无声息地……

达三周身一颤，画面就此消失。

“真是世风日下。”老阿姨气愤地说道，弯下腰摸了摸万智子的脑袋。

达三继续散步。第二次经过堡垒时，只见一身慢跑装备的大爷站在板房前仰望着监控，一边用中气十足的粗嗓门跟老阿姨说话：

“市公所可真够闲的，就会浪费纳税人的钱……”

这位大爷也是常和老阿姨聊天的人之一。达三对他点点头，继续前行，与此同时下意识加快脚步，连他自己都觉得莫名其妙。

达三决定开始记录。

每天早晨散步时，他会揣上带铅笔的小笔记本，沿着路线①~③散步时，一旦发现监控，就把它的位置、形状以及镜头的朝向记下来。

装在便利店里、银行ATM区等室内的姑且除外。可即便如此，他发现的监控数量还是相当可观。哪怕是普通人家，也有在门口上方、停车位上装监控的，大概每四五家就有一家是这样。办公室、写字楼的监控有时不装在正门口，而是在后门。投币式停车场的监控安装率几乎是百分之百。路线②途中有一座宽敞的露天停车场，那里在两个位置装了监控，旁边还配了警告标识："谨防撬车盗窃。"

达三逐一记下的监控都形状相似，当然也存在微妙的差异。有的像饭盒，有的像手持摄像机，有的像防风镜，还有的像话筒。颜色以黑、灰居多，还有一些被仔细刷成了建筑外墙的颜色。有些款式亮着红灯，示意监控正在录像，有些则不亮灯。

他把路线①~③各走了两次。这六天的记录行为不过是一时兴起，也没有明确目的。"馆川城堡宫殿"车棚的监控也好，绿道公园工具板房的监控也罢，那之后都没有变化。出走老阿姨好像也不再介意监控，达三也就没特意去提醒。要是说"那监控感觉怪怪的，还是小心为好"，搞不好对方反而觉得怪的是他。

谁知到了第八天，在路线②快走到底的时候，达三又遇到了一桩怪事。

事情发生在距离达三家两个红绿灯的地方。那个马路拐角有一栋两层小宅，前院绿意盎然，外侧设有院门，每次路过都能看到应季花朵争奇斗艳，美不胜收。

小宅正面二楼的窗户栏杆下挂着一台监控，暗灰色的机身四四方方，伸出一个镜头。

上次跟上上次路过的时候好像还没有，记录里也没提到。大概是昨天或前天走其他散步路时新装的吧？问题是，这监控的位置太奇怪了。这家人把院子打理得这么好，怎么会随便把监控装在那种地方呢？

每天早上六点左右，他都会来到这一带。达三很犹豫。毕竟他跟这户人家没什么来往，就算敲门说："我是碰巧路过的。"这个点也太早了。

就在他拿着笔记磨蹭的时候，有如神助一般，一位女士开门走了出来，手里提着个大垃圾袋。对了，今天是丢可燃垃圾的日子。等她打开院门出来，达三便凑上去道：

"早上好。"

女士该是这家的女主人，年纪在四十岁上下，上身T恤，下身短裤，系了条围裙。只见她眨了眨眼，望向达三。

"一大早打扰，不好意思，我也住这附近，正好散步到您家……"

主妇模棱两可地"哦"了一声，满脸疑惑地打量着达三的脸。达三露出尽可能和蔼可亲的笑容，道：

"是这样，我这把年纪一个人住，最近世道又不太平，所以想装个那种监控摄像头，可不知道该找谁买啊……"

主妇明显皱起眉头，又"哦"了一声。

达三继续道："我正发愁呢，结果今早路过这里刚好看见了您家的监控。恕我冒昧，能不能告诉我您是找哪家公司装的？"

主妇继续眉头紧锁，稍稍退离了达三。

"您在说什么？"

她的声音显然因警惕而变得尖锐，紧接着下一句话是：

"我家哪来的监控啊？！"

达三惊了。他后退一步，抬手指向她家正面二楼的窗口。

“有啊，那不是吗？”

他瞬间无言。因为二楼窗口栏杆下空无一物，刚才看到的监控早已消失得无影无踪。

达三立刻赶往常去的眼科诊所。

挂号窗口的护士很纳闷：“藤川先生，还没到复查的时候呢！”

“嗯，我知道。我就是觉得眼睛不太对劲，想请医生看看。”

诊所生意很好，哪怕有预约有时也要等一个多小时，没预约就更不用说了。将近半天的时间就这样耗在了候诊室。然而检查结果显示，除了龟速恶化的青光眼，达三的双眼并没有其他疾病或异常。

第二天早晨，达三没有按平时的习惯来。他没去散步，而是在家等到了八点，然后穿上白衬衫和西装裤，踩着皮鞋，去了一趟“馆川城堡宫殿”的管理员办公室。半路上他抬眼看了一下，那台监控还好好地装在第二根柱子上。

接待他的管理员大概三十五六岁，脸上的剃须印子格外深。

为了让对方更容易接受，达三给事实加了点粉饰。他说今天一早路过小区侧面的小路时撞见了一个可疑人物，像是在砸车棚的监控，也可能是想把监控拆下来偷走。自己一把年纪只能大声呵斥把人吓跑，实在没本事抓贼，所以就过来知会你们一下。

管理员显得非常吃惊。

“多谢您提醒，”说着他将头一歪，“藤川先生是吧？能不能麻烦您跟我去确认一下事发地点？”

达三当然没有异议。他跟着一身工作服的管理员穿过中庭。

“拍车棚的监控只有一台啊……”

不知为何，管理员一边走路一边还歪着脑袋。片刻后，他在和车棚只隔一条中庭过道的花坛前停下了脚步。

“就装在这个照明灯下面。”

照明灯就立在花坛的树丛中，好似一只方形纸灯笼长出了长长的腿。那灯罩四四方方，监控就在灯罩下，而且特意设计成了在灯罩边也不突兀的式样。圆形的镜头映入眼帘。

照明灯的灯罩与监控都距地三米多高。管理员仰头看了看，又把头一歪，不好意思地喃喃道：“无论是砸是偷，好像都有点高啊。”常见的梯子恐怕都不够用，“真的是这里吗？”

达三没有回答，反问道：“‘自行车棚的监控’就只有这一台吗？”

“覆盖车棚的监控的确就这一台，”管理员认真地强调了一遍，“安装位置也有记录，还有图纸呢。我们可不能随便装卸啊。”

达三回了句“这样啊”，回头望向车棚。管理员也受他的影响回了头。

第二根柱子上的监控消失了。

达三并不惊讶。为了平复心中的慌乱，他长呼了一口气。

“撑着雨篷的柱子上没装过监控吗？”

“没有啊。”

“不好意思问了一堆问题，大概是我看错地方了吧。”

达三低头道歉。

“没有没有，哪儿的话，难为您特地告诉我们。”瞧管理员的眼神好像开始怀疑达三才是“可疑人物”了，不过语气倒还算客气，“事关小区安保，我们一定高度重视。回头就通知居民们，提醒大家警惕不法分子。”

汹涌的惊恐朝达三扑来。

我是老糊涂了吗？

从常识看来，世上怎么可能会有来去自如还能随意移动的监控？

我是老糊涂了吗？

妻子过世后，独居的日子已有三年，但他自认为这些年的生活算得上健康规律。每次市政府的老人福利中心联系他，他都会婉转拒绝，说自己还不需要护工照顾。

然而……我开始老糊涂了吗？

莫非因为总是一个人待着，除了自己的感觉没有其他判断标准，所以才迟迟没察觉到？

达三对“散步”产生了恐惧，自家附近的监控记录也被他撕碎扔了。因为他隐隐感觉，如果继续出门，记录，发现了新监控，或是之前的监控不见了，那么自己会彻底崩溃。

他只能窝在家里，默然枯坐，浑浑噩噩过了好几天。梅雨季的雨滴单调地拍打着房檐，将独居的静寂衬托得更加鲜明。

没过多久，家里囤的食物快吃完了。再不出门买点东西，怕是要营养失调了。

这天是周六。达三看了夹在报纸里的传单，说是绿道公园前头新开的超市每周的返点促销活动又将如期而至，同时还会有产地直销特卖会。

出趟门吧。

去程可以从绿道公园穿过去，能少走很多路。要是东西太沉，回程打个车就是了。对了，顺便跟超市店员和出租车司机聊聊看，确认一下自己还能不能跟人正常交谈。

不要再纠结监控了。

所幸天气好像不错，出门不用带伞。达三把擦汗的毛巾挂在脖子上，仔细系好运动鞋的鞋带便出发了。

可当他来到绿道公园时，“出走老阿姨的堡垒”的面貌却让他大感意外。

老阿姨不见了。平时跟她聊得欢的男男女女正聚在一起说话，人群中间正是老阿姨平时坐的一斗罐。

上面摆着一只插了小白菊的空瓶。这显然是吊唁逝者的花。这么说起来，看似聊得起劲的老伙计们好像也没什么精神。

达三心里一凉，停下脚步。

老阿姨的朋友之一，那位曾怒骂政府乱装监控是“浪费纳税人的钱”的老人回过头来。他今天也是一身慢跑装备。

“哦，你好。”

他貌似还认得达三。

“老阿姨去世了。”慢跑老者说道，“她不会再来公园了。以后可就冷清了。”

达三不知道自己是如何办到的，但他终究尽可能冷静、平和地融入了老伙计们的圈子，打听出了老阿姨离世的始末。

事情要从两三天前说起。

“她说她头疼，还眼冒金星。”

老阿姨的女儿把母亲送了急救，却没查出明显的异常。后来头又不疼了，于是老阿姨就跟女儿回了家。

“可没过多久，她又说耳朵不对劲了，总能听到怪声。”

老阿姨焦虑不安，睡得也浅，不一会儿又开始喊头疼。她变得情绪暴躁，时而突然怒吼，时而抓起东西砸向女儿。可发完脾气后，她又会突然变得特别温和，讨厌亮光，总想钻进壁橱、厕所这种狭窄的地方。

“女儿一家起初怀疑她是不是老糊涂了，想再观望一下。”

昨天早晨，老阿姨刚起床就因为一点小事勃然大怒，掀翻了放着早餐的桌子，还抡起拳头要打女儿。光手打还不够，她还从厨房拿出菜刀一通乱舞，满嘴莫名其妙的怒骂。

女婿和快上初中的外孙大吃一惊，两人齐上才把老阿姨控制住，女儿趁机叫了救护车。老阿姨挣扎的劲儿大得惊人，还喘着粗气大呼小叫——好痛！好痛！救命啊！

整个人亢奋得口吐白沫，片刻后又只剩下“呜呜”的呻吟，等救护车赶到的时候，人就没气了。

死因尚未查明。

“听说她死前像变了个人似的，双眼充血，通红通红的，眼角都出血了。所以我猜她是不是脑出血。”

听到慢跑老者这么说，老阿姨的另一位朋友，一位化着浓妆的老妇人点了点头。

“我爸就是脑梗走的，那种病会麻痹神经，所以发病后连模样都跟平时不一样，话也说不利索，旁人听起来就跟说胡话似的。”

紧挨着她的老妇人染了褐色的头发，怀里抱着一只哈巴狗。“富子阿姨跟女儿关系一直很僵，精神压力太大对身体也不好吧。”

原来出走老阿姨名叫“富子”。

“家里再不舒服，也不能老待在公园啊，毕竟那么大年纪了。”

“肯定是平时操劳过度。”

“她女儿怕是要睡不着了吧。”

达三僵在原地，瞥了一眼放工具的板房。

果不其然，监控消失了。

那段画面再次浮现在脑海中：监控沿着板房屋顶内侧缓缓靠近坐在一斗罐上的老阿姨。动作看起来是蜗牛，其实是毒蜂的窝。那监控，会害人。

达三心中一凛，紧咬下唇。他想起了类似的事。

是东京都辖区内某大卖场的驾车坠落事故。上车前，丈夫情绪激动，满脸通红，流着鼻血，嚷着胡话。妻子的劝慰徒劳无功。丈夫驾车冲破停车场外墙，夫妻双双殒命。

事发现场也装了监控。

也许那停车场里不光有正常的监控，还混入了不正常的监控。那个不幸的男人被监控伤了大脑，精神错乱。确认了攻击效果后，监控就从现场消失了。

一旦被那种监控的镜头盯上，人类的大脑就会产生异常……

达三一身冷汗。

说起来，猫呢？

“有人知道万智子在哪儿吗？”

听达三这么一问，老阿姨的朋友们面面相觑。

“啊，你问的是那只三花吧？总跟富子阿姨一起来公园的那只猫。”

“它啊——”褐发老妇人用脸颊蹭了蹭怀里的哈巴狗，叹着气道，“说是富子阿姨走得太突然，家里都乱了套，女儿一家也就没顾上那猫。回过神来一通找，才发现猫已经在地板下面蜷成一团，死了。”

出走老阿姨的忠仆，率先揭发那台监控“不正常”的万智子，也被一并干掉了吗？

达三没把握。

也没有明确计划。他只是再也坐不住了。

他决定跟上次一样，在周日的那个时候去现场碰碰运气。事实证明，他的判断是明智的。

男孩就站在“馆川城堡宫殿”车棚边的小路上，屁股贴着面砖围墙，仍是圆领衫配运动裤的打扮。

男孩好像一下就认出了达三，意识到“他就是那天吼我的爷爷”，瞬间瞪大了双眼。

达三也一样，一眼就认出了男孩。

男孩不再贴着围墙，而是转向达三，摆正姿势。他的脸色很是苍白，感觉平时应该多晒晒太阳。

“早上好。”

好稚嫩的声音。达三没料到男孩会先开口。

“您就是上次撞见我的爷爷吧？”

男孩看起来既害怕又紧张。

“早啊，”达三给了回应，“我叫藤川达三。你叫什么呀？”

“箭内信吾。”男孩说明了一下具体写法，“我六年级了，在中央小学念书，住在这栋公寓的十一楼。”男孩指了指公寓那边。

达三点点头，心想和寻常的六年级小学生相比，这孩子的身材偏矮了些。

之后是片刻的沉默。看来男孩箭内和达三一样，都在犹豫要怎么往下说。

“今早你是特意在这儿等我吗？”

男孩箭内貌似松了口气，点头回答：“是的。呃……那个……我看到了传阅板报。”

“管理员办公室发的通知？”

“嗯，说中庭和自行车棚有可疑人物出没，可能是想破坏监控。”

“是我给管理员报的信。”

看来那位剃须印子格外深的管理员信守承诺，提醒了小区居民。

男孩箭内瞠目结舌，再次端详达三的脸。

“可那已经是——很久以前的事了。”

“是啊。”

“我还以为您会立刻告状的，所以我……呃……”

“刻意躲着我？”

“嗯。”

真是个实诚的孩子。

“可板报刚刚才来，还没有提我，只是告状说有可疑人物——”

“应该是‘通报’。”达三说道,“这种情况，说‘通知’就行了吧。”

男孩低下头，尴尬地摆弄着手指。

“所以，我也说不清为什么，反正就是想见见您。”

“这样啊,”达三说道，“于是你就想，只要在这儿守着就能见到我了？”

“我也没把握，只是觉得说不定能碰到。因为爸爸以前说过，老人家起床都很早的。”

达三微微一笑。“他的观点很对。而且老人一旦养成习惯，就会一直保持下去。”

男孩箭内抬起头，怯怯地笑了一下。

“哦，这样呀。”

“你也习惯早起吗？”

“没有，只是觉得那种事吧，肯定得挑大半夜或者一大早干。”看来他还是动过脑筋的，“但我晚上甭出门——”

“是‘不能出门’。”

“哦，因为晚上不能出门。”

“早上就行了？”

“叔叔阿姨周日会睡懒觉到中午，而且管理员也不上班。”

跟他一起住的不是父母，而是“叔叔阿姨”啊。

“边走边说吧,”达三示意男孩箭内换个地方，“我觉得我们要谈的事，最好别在这儿说。”

这话就像某种接头暗号。男孩仿佛终于找到了知音，表情顿时放松了几分。

“好。”他回头仰望车棚顶篷，随即用生硬的语调说道，“它现在是不见了，但肯定还会回来。”

去年九月，男孩箭内没了父亲。

他们一家三口原本住在东京都内的闹市区。箭内爸爸是一名建筑师，和朋友一起开了个设计事务所，平时工作很忙。用箭内的说法，他虽然“有点发胖的趋势”，但大体上是个健康又开朗的人。

爸爸和箭内关系很好，常跟他聊自己手里的项目。爸爸的话对他来说，总是那么有意思，那么好玩。

一年多前，爸爸第一次提起了关于监控的怪事。

“有人来投诉，说物业公司擅自装了监控。”

据说箭内爸爸的事务所负责设计和监工的中型公寓，在竣工足足半年后出现了投诉。

“有个业主特别讲究个人隐私，说买房的时候房产公司可没提过这事，太荒谬了。”

安保设备不归爸爸的事务所管，但他们的确是工程监理方，所以他还是去实地调查了一下。那位业主也被请来了，指着玄关大堂一角说：“就是那儿！”可那里并没有监控。

那业主是位做珠宝生意的中年妇女。只见她一脸困惑，不知如何是好，看得旁人都不由得心生同情。爸爸用“一场误会”收了场，就回了事务所。

“那人肯定是个妄想狂。”合伙人如此断言。

不久后，父亲参加了一场同行聚会，听说海岸边新建的超高层公寓最近遇上了麻烦，因为物业公司未经业主同意擅加监控，连设计监理公司也被卷了进去，闹得不可开交。而物业公司则坚称，他们不会擅自那么做。

“你说邪不邪门？”父亲笑着把这事告诉了儿子，“还说监控会跟老鼠似的自己繁殖。”

男孩箭内说，这事听着搞笑，仔细想想还挺瘆人的。

“就这么放任不管是不是不太好啊？”

大概就是因为这，尽管之后爸爸依然工作繁忙，可某次办事路过之前投诉监控的公寓时，他还是去了一趟管理员办公室。

一问才知道，那位声称玄关大堂装了监控、闹得鸡飞狗跳的珠宝商人，在调查后没多久就突然死了。她是倒在自家的珠宝店里，被来上班的店员发现了遗体。

“店里没丢东西，也没有被翻的迹象，看着不像是被害，十有八九是病死吧。”

据说珠宝商人出事前常喊头疼，非常讨厌出于行业特性精心装在店里、办公室里的监控，坚称头痛是监控造成的，还说什么监控会释放电磁波，所以店员们都很担心老板到底是怎么了。

“这事儿也邪乎得很啊！”

这也是父亲笑着说给家人听的。当时母亲面露苦笑，男孩却笑不出来，因为他开始怕了。

“爸爸，你们事务所也有监控吗？”

“有啊，毕竟办公室里放着要紧的设计图呀。”

“那些监控都在它们原来的地方吗？”

爸爸快活地笑了。

“不然呢？”

从那天起，他们再没聊过监控，因为爸爸开始刻意回避这个话题了。不过他会和妈妈暗中讨论。男孩没听到全部对话，但好歹捕捉到了只言片语。

“太诡异了。”

“监控竟然装在西墙上，谁都不记得在那儿装过。”

“本想拆下来检查，谁知取了工具回来，监控居然不见了。”

眼看爸爸愁眉苦脸的频率越来越高，身体也日渐消瘦。他还说，开始频频耳鸣了。

记得那是第二学期刚开学，那天他正在教室做算数考卷，班主任急忙走到他的桌旁，说，你妈来接你了，赶紧回家吧。

爸爸车祸去世了。他自己开车去见客户，结果半路闯了红灯，冲进了车水马龙的路口。

葬礼上，男孩甚至没勇气见爸爸最后一面，可见遗体状态有多惨烈。

爸爸的合伙人一脸憔悴，但他还是想安慰一下男孩和他妈妈。

“他当时肯定已经不能正常开车了。”

“他不是会闯红灯的人，只是身体太难受了吧。那天他一大早就说自己耳鸣得厉害，头也很疼。”

男孩心想，一定是这样。不过让爸爸难受的不是病，是监控。

不，是伪装成监控的某种邪物。

“爸爸走了，妈妈的身体也越来越差了。”

达三与箭内来到了不远处的儿童公园，并肩坐在色彩鲜艳的长椅上。

公园本身很小，游乐设施也很旧，所以比较冷清。最关键的是，没有绿化，一片荒凉，视野开阔。这样，就能安心谈正事了。

“她现在在住院，所以我平时跟亲戚家的叔叔阿姨一起住。”

三月底，男孩搬了家，只带上了学习用品和换洗衣物。学校也转到了这附近的。

“阿姨说，我妈妈得了抑郁症。”

天知道什么时候才能和妈妈团聚。

“爸爸走了以后，我就开始特别注意监控了。”

无论走到哪儿，都会下意识找监控，一找到就目不转睛地盯着。

“我发现了两个。我看得出来它们绝对有问题，不是真的监控。

可是谁都不相信我。”

之前那所学校的老师把他交给了心理辅导员。转到现在这所学校以后，他更是先后两次差点被送去儿童权益保护所。

“我是一边散步一边做记录，”达三说道，“跟你一样，记录哪里装着什么样的监控，镜头朝哪里，小心观察数量有没有变多变少，位置有没有变化。”

男孩仿佛抓住了救命稻草。

“真的吗？”

“嗯，你在这附近发现的可疑监控就只有车棚那一台吗？”

“目前就只有那个，”男孩用了比较严谨的措辞，“搬到这里后，我本想尽量不想那些事的，可还是发现了那个东西。”

箭内身子一僵，继续说道：“我当时就想：‘啊！它是追着我过来的。’”

所以他试图把监控砸坏。

“即使不一直盯着，我也能感觉到。因为它太奇怪了，散发出的气场就跟活物一样。”

就跟蜂窝似的，这个念头再次浮现在达三心中。

“你跟叔叔阿姨提过没有？”

男孩摇了摇头。

“那你找过管理员吗？”

“它总会在我打算找人的时候消失，就像能看透我的心思一样。”

真够狡猾的。

“如果周围人自己没注意到，就算你说了，事情也只会变得更复杂。”

“是啊，可大家都没发现，大概是因为从来没把监控放在心上吧。”

在有意识地寻找监控之前，达三也是如此。

“那应该是——某种拟态成监控的东西吧？”

男孩有点慌：“我也这么觉得。”

“那你认为它是什么呢？”

回答之前，箭内刻意调整了呼吸。

“外星人。”

“嗯？”

“啊，就是来自太空的外星人。它们入侵地球，企图消灭人类。”

男孩眼中仿佛有千言万语：爷爷会不会笑话我啊？他会不会一盆冷水浇到我头上，说“那不可能”？

达三用脖子上的毛巾擦了擦鼻头的汗。

“我不确定它们是从哪儿来的，但肯定是‘侵略者’没错。”

从男孩此刻的表情看，他不光抓住了救命稻草，貌似还被拉上了岸。

“是啊，嗯。”

“它们好像能让人精神错乱，也不知道是什么原理。”

男孩使劲点头：“我觉得是用超声波或者别的肉眼看不到的光波扰乱了人的脑电波。”

“而且还会让人变得冲动，做出一些暴力行为。”

“对。”

“目前它们每次只能影响一个人，可要是以后变本加厉，一下子可以影响一大批人，那就太可怕了。”

不，哪怕被害者只有一个，如果那人是发电站的员工或者化工厂的司机，也有可能酿成大祸。所以就算监控的能力止步于此，也足够危险了。

“不过它们应该还在实验阶段吧。”箭内一脸老成地说，“我感觉它们正在用那种方法观察人类，分析人类的行为模式，寻找最有效的办法把我们的社会彻底搅乱。”

达三望向男孩的脸：“而像你和我这样察觉到它们的人，会被除掉。”

学校里，男孩成了（周围人眼里的）问题学生；达三则开始质疑自己的理性，管理员也对他产生了怀疑：两人的处境都不太妙。

他们将受尽折磨，然后——

被除掉。

眼底出血，双眼通红，陷入癫狂，周围却没一个人知道真正的原因。

“以后一定要多加小心。”达三说道，“观察与记录是头等大事。就算你看到了它们，也不要立刻动手砸。要假装对它们失去了兴趣。我也得想办法骗过它们。”

箭内回答：“嗯。”

“我怎么联系你呢？”

男孩从运动裤的口袋里掏出智能手机。

“我有手机，是叔叔买给我的。”

大概是儿童专用机吧。

“那我有事就打这个号码。”

“爷爷，您会发信息吗？”

达三连信息是什么东西都搞不明白。

“我研究一下吧。”说着他心生一计，“我去学学电脑好了。”

他想起路线②途中有一所电脑培训机构，窗口贴着写有“欢迎老年人报名”的海报。

箭内的神情顿时明朗了不少：“我也不太会用电脑，不过到了第二学期，学校老师就会教我们用平板电脑了。等我学会上网以后，就能查到很多东西了。”

“你要调查‘侵略者’的真面目？”

“我总觉得其他地方也有跟我们一样的人，他们也许会把自己的遭遇发到网上。”

达三倒是没往这个方向想过。也许世界上还有其他人察觉到了拟态监控的邪物。

“也是。”

达三用力点点头，做出想与男孩握手的姿势。男孩有些不知所措，眨了眨眼，随即挺直后背，握住了达三的手。小手略带温热。

“先从我们俩开始吧！互相帮助，尽力而为！”

“嗯！”

掌心温热的孩子眼里，终于也有了一丝暖意。

达三翻了翻夹在报纸里的传单，发现其中既有那家电脑培训机构的广告，也有各路家电商场的宣传页。换作以前，他都是一拿进门就当成可回收垃圾扔掉的。

广告看得他一头雾水，于是他先去了趟培训机构，跟讲师聊了聊，办了试听手续；然后径直赶往家电城的电脑卖场，找店员咨询了很久，领来厚厚一叠宣传册；接着冲到图书馆查阅电脑入门书，随后去书店买了一本看着还不错的。

末了他还跑去车站大楼的综合问讯处，打听哪儿可以买到拐杖，一边征求店员意见，一边细细挑选，最后买了一根手感正好也有一定分量的。

其实达三平时走路不需要拐杖，他只是需要一件自卫武器。哪怕不主动出击，今后也可能遇到需要保护自己的时候。

妻子去世后，达三就没出过这么久的门。他在荞麦面馆吃了午饭，还去咖啡厅休息了片刻。傍晚回家时，整个人都精疲力竭了。

以后还得加倍注意身体。要是还没找到其他同志就卧床不起了，那男孩岂不又成了孤家寡人？

达三决定明天再泡澡，今晚早点睡。于是他走进了朝西的卧室。

早上拉开的窗帘还没合上，白天被褥肯定晒够了太阳。

然而窗外的夜色中，竟幽幽漂浮着一颗红色的光点。

达三立定不动，瞪着光点，默数十下。随后他慢慢折回玄关，取来了新买的拐杖。

屏住呼吸，猛地开窗。

一台监控分明挂在窗框上方不远处，形似防风镜的款式，镜头深处晕出红光。

达三怒目而视。

它也凝视着达三。

箭内说得没错，与它对峙时，他能清清楚楚地感觉到活物的气息。

达三紧握拐杖把手，开口说道：

“你在威胁我吗？”

红色光点一闪。

“别小看我这把老骨头！”

人声传来。几个人一边说话，一边走过窗外的路。

“你们到底有几个？！”

监控默不作声。

“现在还不成气候吧？难道你们几个是探路的侦察兵？”

达三露出无所畏惧的笑容。

“去跟大部队汇报吧，我们会死战到底。我们可不好对付，不会轻易受你们的摆布！”

人类选择抵抗“侵略者”。

一直开着的收音机传出报时的响声，一瞬间，达三的注意力被分散了。

等他回过神来，窗外的监控已经消失不见了。

他举着拐杖关好窗，上了锁。

心跳已经恢复了正常。呼吸也很规律。

他很冷静，却也斗志昂扬。

他告别了公司，完成了养育子女的义务，送走了伴侣，却沦为了社区保护的弱者，再没人要求他作出任何贡献。一个个孤独、单调、一成不变的日子，让他迷失了自我。他埋没在不用问自己“你是谁”的生活中。

但今时不同往日。他有了要守护的东西，也看清了敌人的面目。他要给男孩箭内的爸爸、离家出走的老阿姨富子和她心爱的猫咪万智子报仇。

藤川达三终于觉醒了，也彻底认清了自己。哪怕旁人看不出来，哪怕旁人只当他是个普普通通的老人。

我是战士。

海神的后裔

产品经理 | 周　语　　装帧设计 | 肖　雯
责任印制 | 刘　淼　　封面插画 | 橙木工作室
技术编辑 | 白咏明　　出 品 人 | 吴　涛

图书在版编目（CIP）数据

海神的后裔 / (日) 宫部美雪著 ; 曹逸冰译. -- 上海 : 上海文化出版社, 2022.1
ISBN 978-7-5535-2442-9

Ⅰ. ①海… Ⅱ. ①宫… ②曹… Ⅲ. ①幻想小说- 小说集- 日本- 现代 Ⅳ. ①I313.45

中国版本图书馆CIP数据核字（2021）第242581号

出 版 人：姜逸青
责任编辑：顾杏娣
特约编辑：周 语
装帧设计：肖 雯

书 名：海神的后裔
作 者：[日] 宫部美雪
译 者：曹逸冰
出 版：上海世纪出版集团 上海文化出版社
地 址：上海市闵行区号景路 159 弄 A 座 2 楼 201101
发 行：果麦文化传媒股份有限公司
印 刷：北京盛通印刷股份有限公司
开 本：880mm × 1230mm 1/32
印 张：6.75
插 页：4
字 数：168 千字
印 次：2022 年 1 月第 1 版 2022 年 1 月第 1 次印刷
印 数：1—7,000
书 号：ISBN 978-7-5535-2442-9 / I · 945
定 价：45.00 元